光文社文庫

文庫書下ろし

ふたたびの虹

日本橋牡丹堂　菓子ばなし㈢

中島久枝

光　文　社

この作品は光文社文庫のために書下ろされました。

目次

初秋

うさぎが跳ねるか、月見菓子

一

「あれまぁ」
奥の座敷から大きな声がした。
小萩《こはぎ》がびっくりして部屋に行くと、おかみのお福《ふく》が文を手にして見たこともないような
うれしそうな顔をしていた。
「千代吉姐《ちよきちねえ》さんが、うちに来るんだってさ。何年ぶりだろう」
小萩は目を丸くした。千代吉に会ったことはないが、話には聞いている。三味線の腕は
五指に入るといわれた深川《ふかがわ》芸者で、お福の昔馴染《なじ》み、小萩の母のお時《とき》の三味線の師匠であ
る。六十七歳になった今は、大森《おおもり》で人に端唄《はうた》や三味線を教えて暮らしているそうだ。姐さ
んというのは花柳界の女の人の呼び方で、じつはお福の方が年上である。
日本橋の浮世小路《うきよこうじ》にある二十一屋《にじゅういちや》は大きくはないが、大福から風流な茶席菓子まで、

味と姿の美しさで知られる菓子屋である。菓子屋《くわしや》九四八だから足して二十一という洒落《しゃれ》で、のれんに牡丹《ぼたん》の花を白く染め抜いているので牡丹堂と呼ぶ人もいる。

十七歳の小萩がこの見世《みせ》で働きはじめて一年と半年。江戸の菓子に憧れ自分でも作れるようになりたいと鎌倉のはずれの村からやって来た。つきたてのお餅みたいなふっくらとした頬に黒い瞳。小さな丸い鼻。美人ではないが愛らしい顔立ちの娘である。

その小萩が牡丹堂に来ることができたのは、遠縁だったお時とお福が法事で初めて出会い、お互い千代吉が旧知の仲だと分かって仲良くなったからだ。だから、千代吉は小萩の大恩人と言っていい人である。

「いついらっしゃるんですか？」

「あれま、今日って書いてある」

「わぁ、大変」

小萩が大きな声をあげたので、なんだ、どうしたと奥から旦那《だんな》の弥兵衛《やへえ》がやって来て、仕事場からも親方の徹次《てつじ》や職人たちが顔をのぞかせた。

「おお、千代吉姐さんかい、今夜は一緒に一杯やれるな」と弥兵衛がうれしそうな声を上げた。いまは隠居の身だが、元は日本橋でも知らない人はない名職人で、おかみのお福といっしょに見世を始めた人だ。

「千代吉さんの三味線と唄、楽しみですねえ」と、酒好きで遊び好きの職人の留助《とめすけ》も破顔している。いつも口数の少ない職人の伊佐《いさ》も、うれしそうにしているし、徹次の息子の幹太《かんた》ときたら、「千代吉姐さんって誰？　すごい人か？」とはしゃぎだした。

午後遅く、朝つくった豆大福はとっくに売り切って、お客もまばらになった頃、千代吉がやってきた。

「こんにちは。お久しぶり」

少ししゃがれた声とともに千代吉が入って来た途端、見世にいたお客たちはいっせいに振り返った。

三味線の入った風呂敷包みを脇に抱え、細かな縞《しま》の着物に博多帯《はかたおび》。細筆でひいたような目ですっとあたりを見回す。六十をいくつも過ぎた人とは思えない色気があった。

「うれしいねぇ。待っていたよ。どうぞ、どうぞ、早くおあがりよ」

お福がいそいそと奥に誘う。座敷では弥兵衛が待っていて、「いやぁ、久しぶりだ。小萩、千代吉姐さんにお茶。いや、お酒の方がよかったか」と盃《さかずき》に手をのばす。

千代吉はからからと笑った。

「顔見た途端、お酒かい？　あたしのことをなんだと思っているんだよ。お茶でいいよ。

熱くて渋いのをお願いする」

小萩が熱い番茶を持っていくと、一口飲んで目を細めた。

「ああ、おいしい。この頃は、もっぱらお茶けになっちまった。いやだねぇ、年をとるのはさ。いえね、深川の古い知り合いが顔を見せろって言うから、ついでと言っちゃあなんだけど、不義理をしているみなさんのところにも寄って行こうと思ってさ」

そう言って、部屋の隅にいた小萩に目をやった。

「あんたかい？　お時の娘っていうのは」

よろしくお願いしますと、小萩は頭を下げた。

「そうか。お時の娘がもうこんなに大きくなったのか」

千代吉は感慨深そうに小萩を見つめた。

お時は三味線の素質を買われ、十歳で家を出て深川の千代吉の内弟子となった。熱心に稽古に励んで腕をあげ、十五の年には千代吉とともに座敷に出るまでになった。売れっ子になり、家族を養っていた。その後、小萩の父、幸吉《こうきち》と出会って三味線をやめて一緒になり、今では、おかみとして鎌倉のはずれにある旅籠《はたご》を切り盛りしている。

「江戸の暮らしは楽しいかい？」

千代吉がたずねた。

「毎日、大好きなお菓子に囲まれて幸せです。牡丹堂のみなさんにはとてもよくしていただいています」

「そうかい、そうかい」

やさしい眼差《まなざ》しだが、小萩の中身まで見通してしまうような鋭さがあった。

「まぁ、若いうちは何事も経験だよ。嫁に行く前に広い世間を見ておくのも、悪いことじゃないからね」

「はい」

小萩の声は少し低くなった。自分は江戸に遊びに来ているのではない。菓子を習いたくて、両親や祖父母を説得してやって来た。

――せっかく牡丹堂にいるのだ、しっかり働いて、いろいろ覚えて帰りなさい。

そんな風に言ってくれるかと思っていた。

半分遊びに来ているようにしか見えないのか。小萩は少しがっかりして座敷を出た。

見世を閉める時間になり、夕餉《ゆうげ》の支度も出来て宴になった。といっても贅沢なものがあるわけではない。さよりの一夜干しに、にんじんと桜えびのかき揚げ。からりと揚がって、にんじんの甘さと桜えびの香ばしさで酒の肴にも、ご飯のおかずにもなる。にんじんはわさわさなるほどたっぷり葉っぱがついていたので、葉の方は細かく刻んで油揚げといっしょに炒めて、箸休めに。秋なすはとうがらしとしょうゆ、みりんでこっくりと煮て、なごりの青じそをせん切りにしてたっぷりのせた。それに冷ややっことぬか漬け、汁はなめこだ。

「なんだ、千代吉姐さんは酒をやめてしまったのかぁ。今夜はとことん飲み明かそうと思っていたのになぁ」

弥兵衛は残念そうに声をあげた。

「いえいえ、旦那《だんな》さんとなら、私も喜んでお茶飲みながらどこまでもおつきあいいたしますよ」

千代吉は笑う。

話はいつしかお時のことになった。

「戸塚《とつか》で三味線を教えている古い仲間がいてね、面白い子がいるからってうちに連れて来たんだ。それがお時さんだよ。十《とお》になったっていうけど、色が真っ黒でやせて小さくてね、八つぐらいにしか見えない。あんた、うちに来る気があるのかい？　言っとくけど、あたしは厳しいよ。泣いても許しちゃやらないよ。おっかさんが恋しくなっても、戸塚は遠いからね、歩いちゃ帰れないよ。それでもいいのかいって聞いたら、はい、大丈夫です。戸塚にはもう帰らないつもりで来ました。よろしくお願いしますって頭を下げるのさ」

千代吉は遠くを見る目になった。

「あの頃はあたしも自分のことで手いっぱいさ。お座敷をこなさなくちゃならないし、もっと三味線もうまくなりたい。だから、できが悪かったらさっさと里に帰してしまおうと思ったんだけどね」

「筋が良かったんだろう」

お福が言った。

「そうだね。びっくりするほどさ。あの子は根性も据わっていたけど、耳もよかった。ある程度、稽古すれば、そこそこは弾けるようにはなるけどね、それから先に行こうとしたら耳だ。これは生まれつき」

ツツ、トントンと千代吉は口三味線を弾いた。

「こう弾くんだよって言っても、分からない子は分からないからさ。芸事は持って生まれたものが半分以上。もともと素質がある子が人の倍、三倍って稽古をするから、並の人間はかなわない。そういう世界だ」

偉そうに講釈しちまったと笑って千代吉は湯吞を口に運んだ。

その様子がいかにも粋《いき》だった。首のあたり、腕の曲げ方、指先。若くはないし、顔立ちも美人とはいえない。だが、匂うような色気がある。

これが、辰巳《たつみ》の女というものだろうか。

小萩はほれぼれと眺めた。

「わしは三味線の艶ってぇのは、好いたり好かれたりして出るもんかと思っていたがなあ」

弥兵衛が言った。

「まぁ、そういう人も中にはいるかもしれないけどねぇ」

千代吉は軽くいなした。

「せっかくだから、なにかお聞かせしようかね」

風呂敷包みを解いて三味線を取り出した。

弦をはじきながら、糸巻を巻いて音程を調節する。

ツツンと最初の音が鳴ったとき、小萩は体が震えた。

――伽羅《きやら》のかほりと　このきみさまは

千代吉の少ししゃがれた声が重なる。

どうやら恋の唄らしい。

棹《さお》の上を素早く指がはね、ばちが動くと軽やかな響きが広がった。

トトトテン、ツツ、シャンシャン。


――幾夜《いくよ》とめても　とめあかぬ　とめあかぬ

弥兵衛は目を閉じ、お福はうなずく。徹次も幹太も留助も伊佐もうっとりと聞き入っていた。

心にしみいるような音色だった。物悲しく、切ない。けれど、どこか華やかで温かだった。小萩は虹色の舟の上で揺られているような気がした。

母が夢中になったのは、これだったのか。

千代吉は続けて二曲ほど唄った。

「だめだねぇ。少し唄うと声が嗄《か》れる。じゃあ、最後にひとつ」


――奴《やっこ》さんどちらへゆく　旦那のお迎《むか》ひに　サッテモ　さむいのに供《とも》ぞろひ

「ハア、コリャコリャ」と合《あい》の手を入れながら、千代吉はことさら明るい、にぎやかな調子で三味線を弾いた。

——雨のふる夜も風の夜も　お供はつらいね

曲が終わってからも魂が抜けたように小萩はぼんやりしてしまった。

それからも弥兵衛と千代吉、お福の話は尽きそうになく、やがて留助と伊佐が去り、幹太が出て、徹次もいなくなった。それぞれが残った仕事を片付け、明日の仕込みにかかり、小萩も台所で洗い物をした。

お時の顔が浮かんだ。

深川にいた頃の母は、今の千代吉がそうであるように、独特の華やかな香りをまとっていたのだろうか。千代吉の弾く三味線の音に憧れ、少しでも近づきたいと稽古を重ねたに違いない。

小萩の知っているお時は顔も腕も陽に焼けて黒い。どこから見ても、田舎の旅籠のおかみさんだ。お鶴《つる》と小萩、時太郎《ときたろう》の母親になって、家族と旅籠の仕事に追われる。

それがお時の選んだ道だ。

お時は言った。

「十歳から他人の家の飯を食べて来た。おとうちゃんに会って、初めて家族が欲しくなった」

三味線よりもっと大事なものを見つけたから、やめたことを後悔していないとも。

母らしい潔い言葉だった。

自分もいつか、そんな風にどちらかを選ばなくてはならない日が来るのだろうか。

小萩は自分の手をながめた。

不器用で、あるのはただ菓子が好きという気持ちだけ。

中途半端でどっちつかずのまま終わるのではないか。

小萩は胸がざわざわしてきた。

気がつくと、口がへの字に曲がっていた。

翌朝、小萩が朝食の支度をしていると、千代吉がやってきた。

「昨日のご飯はあんたがつくったんだってね。おいしかったよ」

「田舎の家で食べていたようなものしか、つくれないんですけど」

小萩は恥ずかしくなって頰を染めた。

「内弟子の頃から、あんたのおっかさんは料理がうまかったよ。だけど、『あんたは、いいおっかさんになるよ』なんて言うと、あたしは三味線を習いに来ているんです。いいおっかさんになるために来たんじゃありません。料理を褒められてもうれしくありません、なんて怒ったもんだ」

おかあちゃんもそんな時代があったんだ。小萩は肩をすくめた。

「あんた、菓子職人になりたいんだって？」

千代吉がたずねた。

「そのつもりで来ています」

小萩は小さな声で答えた。

「大変だよ。いいのかい？」

「大丈夫です」

小萩は背筋をのばし、千代吉の目をまっすぐ見つめた。

「そうか。じゃあ頑張りな」

千代吉は小萩の肩にそっと手をおいた。

「あたしは深川でたくさんの芸者を見て来た。うまくいった人もいるし、いつの間にか消えていった人もいた。運もあるし、持って生まれたもんも違う。だけどさ、毎日、ちゃんとご飯を食べて、お天道《てんと》さんの下をまっすぐ歩いて来た人間は強いんだ。それだけは言える」

温かい眼差しになって言った。

「あたしはさ、若い頃の自分に会ったら言ってやりたいことがある。大丈夫だよ。心配ない。そのまんま、まっすぐお行き」

小萩はびっくりして千代吉の顔を見た。

「若い頃はさ、こっちの道で良かったのかとか、いろいろ思うもんなんだ。人と比べたり、卑下したり、誰でもそうさ。そういうもんなんだ」

千代吉ほどの人でも、そんな風に悩むことがあったのか。

「焦らずに、でも立ち止まらずに。そうすれば、いつか明るい広い場所に出られる。そこがどういう場所だか分からないけど、あんたが選んだ幸せなんだよ」

「はい」

小萩は大きな声で答えた。目の前の霧が晴れたような気がした。

千代吉は笑っていた。小萩もにこにこと笑顔になった。

牡丹堂では、毎朝、弥兵衛からお福、親方の徹次、職人の留助と伊佐に幹太に小萩と、全員が集まって豆大福を包む。そのようすを千代吉は楽しそうに眺め、みんなといっしょに朝ご飯を食べ、深川へ向かった。

その後ろ姿を見送りながら、お福はつぶやいた。

「今までありがとうだってさ。いやだよ。まるでお別れの挨拶みたいじゃないか」

それを聞いて、小萩はふと不安な気持ちにおそわれた。

二

午後も遅い時間、日本橋の袋物屋、寿屋《ことぶきや》のおかみ、お栄《えい》がやって来た。

「お福さん、いらっしゃるかしら？」

お栄はたずねた。馴染みの女客がこう切り出したときは、お福に聞いてもらいたいことがある時だ。

「あら、お栄さん。久しぶり。あたしも話したいことがあったんだよ」

お福が奥の三畳ほどの小部屋に誘う。そこは見世のみんなが「おかみさんの大奥」と呼んでいる南向きの座敷だ。坪庭には桔梗《ききょう》の花が咲いている。

小萩は頃合いを見計らってお菓子を持って行った。

「秋の七草にちなんだ外郎《ういろう》製の『萩』で、こちらは黄身あんを使った『鈴虫』です」

「もう、すっかり秋ねぇ。どっちもおいしそう。どうしよう。迷っちゃうわ」

お栄が目を輝かせる。

「二つとも食べればいいじゃないか」

お福が誘う。

「だって悪いわ。それに私、このところ、また太ってしまって」

「大丈夫だよ、こんな小さな菓子だもの。おいしく食べれば、余分な肉にならない」

そんなやり取りがひとしきりあって、お栄はにこにこと菓子に手をのばす。

「ああ、おいしい。やっぱり牡丹堂さんのお菓子はよそと違う」と、満足したところで本題に入る。

小萩が新しいお茶を持って行くのも、この頃合いだ。

「じつはおとっつぁんのことなんですけどね」

お栄の父親、喜四郎《きしろう》は今年、六十四歳になる。長女のお栄が婿《むこ》養子をとり、二人の妹も嫁にやった。お栄夫婦に身代をゆずって、長年連れ添った女房のお里《さと》とゆっくり温泉にでもと言っていた矢先、お里が寝込み、あっけなく死んでしまった。半年ほど前のことだ。

以来、すっかりふさぎ込んでいる。

「いつも一緒で仲良かったからねぇ」

お福はしみじみとした調子で言った。

小萩も喜四郎とお里のことは知っている。喜四郎は骨ばった四角い顔の大柄の男で、牡丹堂にふらりと一人でやって来て、家で食べるのだと言って二つ、三つと買って行く。お里は小柄な、よくしゃべる元気のいい人で、手土産だ、贈り物だといつもたくさん買ってくれた。

今の寿屋は喜四郎とお里が二人で築いたものだ。

二人は越後の弥彦《やひこ》という雪深い土地の生まれである。喜四郎は十二の年に江戸に来て丁稚《でっち》からつとめ上げて染物屋の手代となった。四つ違いのお里も十二で江戸に来て、袋物のお針子見習いになる。喜四郎が二十四、お里が二十歳《はたち》のときにいっしょになり、袋物の請け負いを始めた。

袋物とは巾着袋や紙入れ、鏡入れ、たばこ入れなど、こまごましたものを持ち運ぶための物だ。最初はお里が縫った袋物を知り合いの見世においてもらうことから始めた。端切れを使った華やかな彩りの袋物が人気になり、やがて両国に小さな見世を出した。お里が手の込んだ細工をほどこした一点物の袋物をつくるようになると、裕福なお客の間で話題になり、次第に見世も大きくなる。ついには日本橋に立派な見世を構えるまでになったのだ。

「おっかさんは医者嫌いでね、熱いお風呂に入って、一杯飲んで寝れば朝には治っちまうっていうのが口癖だったから」

どうも様子がおかしいとお栄が無理やり医者に連れていったときには、病は相当に進行していた。医者は手の施しようがないと匙《さじ》を投げ、いったん寝込むと起きられず、ひと月ともたなかった。

「医者にね、どうしてこんなになるまで放っておいたんです。辛《つら》かったでしょうに、ずいぶん我慢してましたねって言われたの。おとっつぁんは自分が傍《そば》にいながらなぜ気遣ってやれなかったんだって自分を責めているのよ。おっかさんだって質《たち》の悪い病気だって薄々気づいていただろうし、それで余計に医者に行きたくなかった。しょうがないじゃない。おっかさんの寿命なんだ。おとっつぁんのせいじゃないよって私がいくら言っても聞く耳を持たない」

「無念なんだろうねぇ」

お福は小さくため息をついた。

長い話になりそうだ。

「おとっつぁんは酒は飲まないけど、甘い物が好きだから、みんなに来てもらって茶話会《さわかい》でもしようかと思っているのよ。お菓子を食べながら昔話でもしたら、少しは気持ちが晴れるんじゃないかと思って。今日はそのお菓子のご相談なの」

「それはありがたいねぇ。何がいいかねぇ。季節の菓子でもいいけど、何か喜びそうなものがいいねぇ。ご隠居の好きなものって何だい？」

「それが、思いつかないのよ。食べ物は出されたものを文句を言わず食べる人だし、釣りも囲碁も将棋もしない。妹たちも、おとっつぁんとおっかさんは働いている姿しか見ていないって言うし……」

部屋を出ようとした小萩をお福が呼び止めた。

「小萩。この仕事、あんたに頼むよ。寿屋さんのご隠居の話を聞いておくれ」

「私がですか？」

「そうだよ。あんたみたいな娘が行けばご隠居も気持ちが明るくなるかもしれない。世間話をしていたら、ご隠居の好きなものが分かるんじゃないかい」

「そうしていただけると、ありがたいわ。私は最近、もっと食べた方がいいとか、風呂に入れとかうるさいことばかり言うでしょう。おとっつぁんもいい顔をしないの。他人さまの方が、話しやすいってことあるから。座っていてくれるだけでもいいわ。よろしくお願いします」

お栄も頭を下げる。

こうして、小萩は寿屋の隠居、喜四郎のもとに通うことになった。


喜四郎がいるのは見世の奥の離れである。お客でにぎわう見世先から奥の座敷、さらに渡り廊下を通った次の間つきの十二畳である。坪庭に面した南向きの座敷は金砂子《きんすなご》を散らした江戸唐紙が美しく、床の間には風雅な山水画がかかっていた。

その部屋の隅に喜四郎は背を丸め、ひっそりと座っていた。その肩に影のようなものを感じたのは、庭の楓《かえで》の葉を揺らす秋風のせいではないだろう。

「えっと……。あんたは」

「二十一屋からまいりました。おかみさんのご依頼で茶話会のお菓子の相談にうかがいました」

喜四郎はぼんやりとした目を小萩に向けた。何度も見世に来てくれたし、道で会って挨拶を交わすこともあったのに、小萩の顔を忘れてしまったのだろうか。

以前、菓子を買いに来た時はこんな風ではなかった。

背筋がしゃんとのびて目に力があった。声にははりがあり、体全体に活力が溢れていた。

だが、今の喜四郎にはそうした力が全く感じられない。魂が抜けてしまったようだ。

「何の話、でしたかな？」

「茶話会です。親しいお客様を集めて、お菓子とお茶でおもてなしをするものです」

「そうか。誰が、そんなことを言っていた？」

「お栄さまから、ご依頼をいただいております」

「ふううん。そういえば、そんな話をきいたような気がする」

喜四郎は他人事《ひとごと》のようにつぶやいた。

「なにか、お好みのお菓子がございますでしょうか。お聞かせいただければと思います」

「面倒くさいなぁ。なんでもいいよ」

喜四郎は背中を丸めた。また少し体が縮んだような気がした。

「お客が来るのも面倒だし、そのためにあれこれ準備をするのも厄介だ。お菓子なら、あんたが適当に選んでくれればいいよ」

話はすんだというように背を向けられた。

声をかけることすら拒むような背中を見て、小萩はすっかり気持ちがなえてしまった。張り切ってやって来たのに気持ちがほぐれるどころか、かえって頑《かたく》なにさせてしまったようである。

小萩はどうしたらいいのか分からず、ただうつむいていた。喜四郎も何も言わない。

どれほど時間が経《た》っただろう。

二人のだんまり比べに負けたのは、小萩の方だった。

「今日のところは失礼をいたします」

すごすごと牡丹堂に戻った。

「そうかい。そんなに落ち込んでしまったのか。困ったねぇ。お栄さんが心配する訳だよ。ご苦労だけど、まぁ、ぼちぼちやってみておくれ」

お福が言った。

「はい」と答えたが、少し憂鬱である。

思い返してみれば、小萩も悪かった。

お福は「話を聞いてくれ」と言った。お栄は「座っていてくれるだけでいい」だ。つまりはそういう相手なのだ。

やはり、のっけから茶話会の話をしたのはまずかった。

まずは心をつなぐことから始めなければならなかった。

しかし、あのだんまりは辛い。

何か、喜四郎の心をひくような話ができればいいのだが。

いや、その何かが分からないからお栄が困っているのだ。

小萩が仕事場に行くと、幹太が職人の留助にどら焼きの皮の焼き方を習っていた。

「ああ、へらの持ち方が違うんだよ。そんな風に力を入れていると、疲れちまう。こう手首をやわらかくしてね、返すだけでいいんだ」

「そうか。だから腕が痛くなるのか。そんなこと、おやじも伊佐も教えてくれなかった」

「そりゃあ、あの二人は真面目だもの。俺はさ、どうやったら疲れないで楽して仕事が出来るかをいつも考えているからさ。そういうコツを教えられるのは、俺だけだ」

留助は妙な自慢をし、幹太はそれを真剣な面持ちで聞いている。最近、幹太はこんな風に留助や伊佐に菓子づくりのコツを聞いている。

小萩が入っていくと、二人は顔をあげた。

「なんだ。おはぎ。腹がへったか？　不機嫌な顔しているぞ」

幹太は、からかうように言った。

「べつに不機嫌なわけじゃないです」

「じゃ。なんだよ。悩みがあるなら、俺が聞いてやるぜ」

偉そうに言う。小萩は寿屋の話をした。

「へぇ。あのご隠居がそんなに気落ちしているのか。そりゃあ相当だな」

留助が言った。

「寿屋のご隠居さんのこと、よく知っているの？」

小萩はたずねた。

「知っているも何もこのあたりじゃ、有名だよ。大男のご隠居の脇に、ちっちゃな大おかみがいつも一緒にいるんだ。その大おかみがはしっこくて、よくしゃべる。通りを歩いていたら知った顔に会うだろう。そのたんびに大おかみが立ち止まっては挨拶する。何度も頭をさげて、ああだ、こうだしゃべっているとご隠居が不機嫌になる。そのうちにご隠居が勝手にずんずん歩き出して、大おかみが追いかけるんだ」

「それなら、別々に出かけりゃいいのに」

幹太が言った。

「それは、そうはいかねぇんだ。もともと、あの見世は大おかみの考えた袋物があたって大きくなったんだ。大事な取引のときは大おかみも一緒に行って、色だの形だの細かいところを打ち合わせる。商売の方は娘夫婦に譲っても、その頃の習慣のまま、いつでも二人一緒ってわけなんだよ」

届け物から戻ってきた伊佐も話に加わった。

「ご隠居が怒ると、大おかみが言い返すんだ。だけど、なんか適当にあやしているって感じでさ、こんな風にお互い、言いたいことを言いながら助け合って何十年もやってきた夫婦なんだなって思える。微笑《ほほえ》ましいっていうかさ、ちょっといい感じなんだよ。そうか。大おかみは亡くなったんだよな」

最後の方はしんみりとした調子になった。

小萩は喜四郎の縮こまった背中を思い出していた。

翌日、小萩は見世の菓子をいくつか持って行った。

「本日はいくつか見世のお菓子をお持ちしてみました。こちらが煉《ね》り切《き》りでおみなえし。秋の七草にちなんでいます。こちらは桔梗《ききょう》で、中は粒あんです」

喜四郎はちらりと目をやったが、黙っている。

小萩は熱いお茶をいれた。

「ご隠居はたしか、粒あんのお菓子がお好きでしたよね。お見世にいらしたときも、お求めになったのは粒あんの方が多かったような気がします」

ことさら明るい声を出してたずねた。しばらく待ったが返事がない。

「男の方は粒あん好きが多いですね。小豆《あずき》の味が濃いっておっしゃって」

「粒あんが好きなのは、お里の方だ。わしはどっちでもいいんだ」

声に苛立ちが混じっていた。

「あ、そうですか」

会話が途切れてしまった。

言い方がうるさかったのかもしれない。押しつけがましかったのだろうか。小萩は胸のうちであれこれと思う。

もう一言、何か言いたかったが、怒られるのも怖い。

こういうとき、お福だったら上手に話をつないで、相手の機嫌を直してしまうのに。

小萩はどうしていいか分からずに、部屋の隅で小さくなっていた。

「どうでもいいことばかり聞くんだなぁ。あんたが聞きたいのはそういうことか？」

喜四郎がぽつりと言った。

「だから、わしは答えたくなくなる」

結局、その日も、小萩はほとんど話が出来なかった。


大福を売り切ると、お客もまばらになる。

「おい、おはぎ。本菊屋《ほんきくや》のとら焼きがある。食べるか？」

仕事場から幹太が顔をのぞかせた。

幹太は「他流試合」と称して、あちこちの見世の菓子を買ってきては仕事場でみんなで食べる。

菓子屋の職人はよその見世の菓子を買わない。恥だなどと言う人もいるし、味を盗みに来たと勘繰《かんぐ》られるのがいやだという者もいる。

ところが幹太は堂々と見世に行き、「上生菓子、一種類ずつ全部」などと言って買って来る。そんな目立つことをするから、すぐに菓子屋仲間の間で噂になった。だが人懐っこいというか、図々しいというか、幹太は奥から出て来た主人や職人頭にあれこれ質問しているらしい。懇意にしている船井屋《ふないや》本店の主人から「立派、立派。先が楽しみですよ」などと褒めてもらい、ますますその気になっている。

そんなわけで、小萩もこのごろは毎日、いろいろな見世の菓子を食べている。

仕事場の台の上には本菊屋名物のとら焼きが四つ並んでいた。

牡丹堂のどら焼きの半分ほどの大きさで、黄色っぽい皮に虎の縞のような焼き色が入っている。

幹太はパクリと食べて首を傾《かし》げた。

「この縞模様はどうやってつけるんだ？」

「紙を敷いてその上に生地を流すんだ。火が入ると紙が縮んで波打って、この模様ができる」

徹次が答えた。

「本菊家名物か。さすがだよ。うまいじゃねぇか」と他人事のようにのんきに答えるのは職人の留助で、伊佐は、謎を解き明かそうとする目明《めあか》しさながら真剣な顔で「皮がこんなにふわふわってことは、卵が多いんだな」と探っている。

小萩も一口食べてみた。

やわらかな生地は卵も砂糖もたっぷり入っていて、あんもぽってりとした粒あんだ。小さいけれど、食べ応えがある。

「よし、とら焼きを焼いてみるか」

徹次が立ち上がった。

「ほいきた」と留助が続き、伊佐は道具を取り出す。小萩はほごにした掛け紙を四角く切って用意した。

鉄板を火にかけて紙を並べ、生地を流す。

「あれぇ、うちのどら焼きの生地でいいのか？」

幹太が声をあげた。

「とりあえずはな」

玉じゃくしですくって上から流す。すうっと細い筋になって紙の上に落ちて広がった。やがて気泡が浮かび、それがはじけてぷつぷつと表面に小さな穴が空いた。徹次が慣れた調子でくるり、くるりと裏返していく。

「裏側は乾かす程度でいいんだ」

取り出したら皮を二枚合わせて冷ます。粗熱が取れたところで紙をはがすと、虎の縞というより、雲のようなまだら模様になった。

「これだと、菓銘は東雲《しののめ》かな。紙を変えれば模様も変わる」

小さく切って、みんなで少しずつ食べた。いつものどら焼きよりふわふわとやわらかい。そうか。紙をおいたから火の入り方が浅くなって、ふわふわしているのだ。本菊屋はさらに卵を加えてふわふわを増しているらしい。

しかし、皮がふわふわになると、いつものどら焼きのあんは固いし、重たい。

皮の食感が変わると、あんの方も変えたくなる。あんが変わればおのずと皮の生地の配合や大きさも変えたくなるわけで……。

小萩がそう言うと、徹次がうなずいた。

「そうやって、工夫していくんだ。よそとまったく同じなら売り出す意味がないし、あんまりかけ離れてしまっても、よくない。他の見世がまだやっていない隙間を探すんだ。定番の菓子っていうのは、そこが難しいな」

同じように見えるどら焼きでも、見世によって少しずつ大きさや生地の食感、あんの味が違う。お客というのは鋭いもので、おいしいとなればたちまち評判になり、行列が出来る。そのさじ加減が難しい。

「おいら、いつか、すごいどら焼きをつくりたいな。それで、大福だけじゃなくてどら焼きでも行列をつくるんだ」

幹太が言った。

「頼みますよ、若旦那。俺たちもついていきますから」

留助が手をこすり合わせ、拝む真似をしたのでみんなが笑った。

きっと幹太なら、やれるだろう。

もともと筋がいいし、手先も器用だ。こんな風に貪欲に仕事に取り組んでいったら、きっといい牡丹堂の三代目になる。

ふと自分のことを振り返ってしまう。

寿屋に通い始めてもう十日。相変わらずご隠居は心を開いてくれない。

つい昨日、小萩が寿屋の離れに行ったときも喜四郎はいつものように部屋にひとり、ぽつんと座っていた。

「重陽《ちょうよう》の節句も近いですから、今日は菊のお菓子をお持ちしました。着せ綿です。ますます健《すこ》やかでいらっしゃるようにとの願いをこめました」

九月九日は重陽の節句で、この日、菊に綿をのせて露をしみこませ、その綿で体をふくと無病息災、長寿を約束されるといういわれがある。この日の菓子は鮮やかな紅色の煉り切りで菊の姿をつくり、その上に綿に見立てた白い煉り切りをのせている。中はお里の好きだった粒あんである。

お茶を用意してお菓子を銘々皿にのせたが、喜四郎は何も言わない。静かに黙って食べている。

――いかがですか？

当たり前すぎる。

――大おかみさんがお好きで、毎年注文を受けていました。

いや、これでは押しつけがましい。

――早いですねぇ。もう着せ綿の季節です。

返事に困るかもしれない。

そんなことを考えているうちに、喜四郎は食べ終わってしまった。小萩は黙って器を片付ける。なにかしゃべらなくてはと思っているから、沈黙が辛い。

結局、その日も沈黙のまま帰ってきた。

お福には焦るなと言われているが、このまま無為に日ばかり過ぎてしまうのはまずい。

話題はいつのまにか茶人の霜崖《そうがい》の茶会の話題に移っていた。月見の会を開くのでその菓子を頼まれている。

「今回、色を使いたくないと言うんだ」

徹次が言った。

「つまり、菓子も白と小豆の色だけってことですかい？」

伊佐がたずねた。

「ああ。水盤に月を映したいんだそうだ。月が主役だから、花はもちろん、器も掛け軸も白か黒。水墨画の世界だ」

徹次が答える。

「霜崖さん、だんだん渋くなるなぁ」幹太が口をとがらせる。

「それだと、つくる菓子も決まってくる」と留助。

「今までにない、心に響くようなものをつくってほしいということだ」と徹次。

難題を前にみんなが首を傾げている。しかし、条件が厳しいほどやりがいがあるというのも本当のところで、伊佐は口をへの字にして必死に何か考えているし、幹太も負けん気の強そうな目をきらきらさせている。

小萩もその輪の中に入りたかった。

見世に立っているから、菓子をつくる時間はそう多くない。技はなかなか習得できない。

けれど、お客と対している自分だからこそ、気づくこと、考えることがあるのではないか。

そういう職人がいてもいいのではないか。

この頃、小萩はぼんやりとそんなことを考えている。

三

その日も菓子を持って寿屋をたずねた。

喜四郎は黙って菓子を食べ、小萩も声をかけることが出来ずに黙っている。

これではだんまり比べだ。

——だったら、壁に向かってしゃべってみたらどうだ?

伊佐にそう言われたことを思い出した。

——もう、本気で考えてください。

小萩が口をとがらせたが、伊佐は真面目な顔をしている。

――返事をしてもらおうとするから、言葉に詰まるんだ。小萩が行ってもご隠居は嫌な顔をしないんだろ。話は聞いているんだろ。だったらいいじゃないか。もともとあの二人は大おかみが一人でしゃべり、ご隠居はうなずくくらいだ。小萩が楽しそうにおしゃべりすればいいいんだよ。

しかし、壁に向かって楽しそうにおしゃべりするのも難儀である。

ふと、誰かに見られているような気がした。見回すと、飾り棚にうさぎの人形があった。色とりどりのちりめんを縫い合わせたもので、丸い黒い目が小萩を見つめている。小さな口は何か言いたそうだ。

どうして、ここにこの人形があるのだろう。

贅《ぜい》をつくしたこの部屋でうさぎの人形だけが少し古びて、くたびれている。

そういえば、寿屋はよそにない細かな手仕事の袋物で名をあげた見世だ。

何かいわれがあるのかもしれない。

小萩はうさぎの人形に話しかけることにした。

けれど口を突いて出て来たのは、やっぱり菓子のことだった。

「私はお菓子をつくりたくて、牡丹堂に来ました。もう一年半ほど働いています。田舎にいるときは、あんこは小豆の粒とこし、白こしあんの三種類しか知りませんでした。でも、牡丹堂では十種類以上もあんこを炊きます。黄身あん、ごまあん、うぐいすあんといろいろあります。同じ小豆粒あんでも、最中《もなか》と大福では違います。最中は皮がしとらないよう水飴を入れます。大福はぽってりとやわらかめのあんに仕上げます」

うさぎがうなずいたような気がした。

小萩はちょっと勇気が出た。

「同じ大福のあんこでも、夏と冬とでは違うんです。冬はこくのあるものがおいしいし、夏はさっぱりしたものが喜ばれる。それから、豆は新豆とひね豆でも煮え方が違います。そういうのをひとつひとつ、体で覚えていって職人といわれるようになるんです」

「あんた、田舎はどこだ？」

小萩の背中で声がした。

振り向くと喜四郎がこちらを見ていた。

「鎌倉です。あ、といっても、はずれの方です。それで、あの、家族で旅籠をしています」

小萩はしどろもどろになった。

「その人形はお里がつくったんだ」

それだけ言うと喜四郎は黙った。

何か言ってくれるかと思ったが、何も言わない。

こちらから声をかけた方がいいのだろうか。

小萩が口を開こうとした時、喜四郎が目を伏せた。涙がひとしずく膝に落ちた。

「お里もよく、そんな風に人形に話しかけていたよ」

静かな声だった。

「あいつは亥年《いどし》。猪《いのしし》だ」

小萩は喜四郎の顔を見つめた。小さくうなずく。聞いていますよと、伝わるように。

「大人しそうに見えて芯が強い。こうと思ったらまっすぐ進む。わしは未《ひつじ》だ。おとなしい。だから口喧嘩すると、わしは負ける。腹が立つからずっと黙っている。何か言われても返事をしない」

小萩は小さな声で相槌《あいづち》を打った。

「そのうちにあいつは困って、うさぎに話しかける。お父さん、まだ怒っているのかしらなんてさ。それで、わしもひとり言さ。腹減ったなぁとか、茶が飲みたいとか」

「それが仲直りなんですね」

小萩が言うと、喜四郎は黙った。しばらくして返事があった。

「仲直りっていうかな」

喜四郎は照れたように鼻をかいた。

小萩は温かいお茶をいれた。

「大おかみさんとは、同じ郷《さと》の出だったんですよね」

「ああ。四つ違いで、越後の村の生まれなんだ。冬は雪が多くてね。厳しい土地だよ」

喜四郎はぽつりぽつりとしゃべり出した。

十歳の時、実の母が死んで、翌年、新しい母親が来た。喜四郎を産んだ母親は頰がふっくらとした、かわいらしい顔立ちの人だったが、二度目の母は色黒でとがったあごをしていた。すぐに弟が、次の年に妹が出来た。子供ながらにここに自分の居場所はないと思い、十二歳の時に江戸に出て、染物屋に奉公した。

「十六になって少し江戸の暮らしに慣れたころ、女の子を見た。地べたに座り込んで風呂敷包みを抱いて泣いているんだ。見ると、女の子の着物も風呂敷包みも泥で汚れている。どうしたって聞いたら、転んだって言うんだ。風呂敷包みの中は真っ白な絹地で、それにべったり泥がついていた。どうしょば、見世に戻ったら叱られる。今日は飯抜きだって泣くんだ」

どうしょばというのは、越後の言葉でどうしようという意味だ。

「おめ、越後かって聞いたら、んだってお国言葉で答えて、もっと大きな声で泣いた。まるで、わしが泣かせたようだろう。困ったよ」

喜四郎はお里が淋《さび》しさや辛さを我慢していたのがよく分かった。

「奉公人の暮らしなんざ、どこでも同じだよ。朝早くから夜遅くまで働かされて、眠くて腹が減って、怒られてばかりなんだ。自分のいる場所はないなんて思って江戸に来たわしだって、帰れるもんなら逃げて帰りたいと思った。後で聞いたらお里のところは父親が病気で、借金をつくったそうだ」

小萩は喜四郎の節の太い指をながめた。大店《おおだな》の隠居となっても、その手は働く者の手をしていた。

「だけどそのときはこっちも子供だもの。どうしていいか、分からんよ。それで、こう握りこぶしをつくってさ、懐《ふところ》に入っていた消し炭で目を描いた。それでうさぎの顔にした」

喜四郎は親指と小指をたてて見せた。

「元気出しなよ、みたいなことを言ったんだろうな。忘れちまったけど」

照れくさそうに首筋をなでた。

「なんで、そのとき急にうさぎを思い出したのかなぁ。村の近くに彌彦《いやひこ》神社って大きな神社があってね、畑を荒らすうさぎを神様が諭《さと》したって話が伝わってる。そのせいかなぁ」

飾り棚のうさぎの人形はやさしい目でこちらを見ている。

「それから道で会うと挨拶するようになって、だんだん口をきくようになった。お里はあのときのうさぎが二人の縁結びだって言って、あの人形をつくったんだ。お里は手先が器用でね、袋物屋で最初はまっすぐ縫うだけだったんだが、そのうちに細工物を覚えた。ちりめん、友禅《ゆうぜん》、紬《つむぎ》なんかの端切れを縫い合わせて仕上げるんだ」

うさぎに語りかけるように言った。

「あの人形が寿屋の運を開いたんだよ。あの人形はわしらのお守りだ」

喜四郎はうなだれた。

「お里は死ぬ前に言ったんだ。私の代わりに喜四郎さんをずっと見守るからねって。丈夫が自慢で長生きするっていつも言っていたのになぁ」

肩を落とした。

小萩はうさぎの人形をもう一度ながめた。

小さな口は何か言いたそうに見えた。

翌日、小萩はそば饅頭《まんじゅう》を持って行った。新そばの粉が手に入ったと、徹次がつくったものだ。小萩は香りのいい玄米茶をいれた。

「今日のお菓子はそば饅頭です。新そばを見世で挽《ひ》いて粉にしました。だから、黒い皮も入っていますけれど、その分、そばの香りがします。中は粒あんです」

喜四郎はうんとうなずいただけで、何も言わない。

もぐもぐと食べ、お茶を飲んだ。

おいしいと思ってくれているだろうか。

小萩は喜四郎の顔をそっとながめた。

顔は角ばって眉は太く、口はへの字に曲がっている。余計なことを言ったら、叱られそうだ。

小萩は黙っていた。

喜四郎がそば饅頭を食べる音だけが部屋に響いている。小萩はただ、もじもじと、困った顔で座っている。

「なんか、しゃべらないのか」

喜四郎がぼそりとたずねた。

「えっと。はい」

「聞きたいことはないのかと、言っているんだ」

「あのぉ、いいですか？」

「ご隠居と大おかみさんはどんな風に一緒になったんですか？」

「なんだ。そんなことを聞きたいのか」

喜四郎の目が細くなり、そのまま黙った。

長い沈黙があった。

「お里はな」

喜四郎がぽつりと言った。

小萩は顔をあげた。

「二年もすると、お里はきれいな娘さんになったんだ。わしはお里がまぶしかった。お里はわしの顔を見ると笑顔になって、いろいろ話しかけてくれる。だけど、わしはうまく答えられない。一人の時はあんな話をしよう、こんなことを聞かせたいと思うんだが、お里の前に出るとみんな忘れちまう」

若い手代とかわいらしいお針子の姿が目に浮かんで、小萩は微笑んだ。

「松造《まつぞう》って一緒に働いている男がいてね、お里はいい娘だ。つきあって欲しいって言えって盛んにけしかけるんだ。だけど、わしは言い出せなかった。小さな染物屋で、おやじが何から何まで仕切っている。わしは一生奉公人だ。番頭にすらなれない」

「いいよ」

そうこうしているうちに、喜四郎は二十四、お里は二十になった。そのころ、お里に縁談が持ち上がった。見世のおかみが持ってきた話で、相手は酒屋の奉公人で、店主の遠縁だからいずれはのれん分けをしてもらう話になっているという。

「喜四郎さん、どう思うってお里が聞くんだ。いや、その話は断ってくれって、のどまで言葉が出かかっている。頭の中では引き留めなくちゃだめだ。今、引き留めなかったら、お里はほんとにその男のところに行っちまう、お前は一生後悔するぞって声がするんだ。だけど、わしは言えなかった。代わりに言ったんだ。いい話じゃないか。お里ちゃん、きっといいおかみさんになるよって」

「そう言ったんですか？」

小萩はたずねた。

「ああ、そうだよ」

喜四郎は困った顔になった。

「考えてごらんよ。わしは顔も悪いし、甲斐性《かいしょう》もない。そりゃあ、もしかしたらって思っていたよ。だけど、それは自惚《うぬぼ》れっていうか、勝手に自分に都合よく考えているわけだ。お里に喜四郎さんはいい人だけど、そんな風にはぜんぜん思っていないって言われるくらいだったら、何も言わない方がいい。ふるさとの仲間として、気持ちよく嫁に出してやりたい」

その気持ちはよく分かる。

小萩は伊佐の顔をちらりと思い浮かべた。

――私のことを、どう思っているんですか？

聞きたい。だが、聞けない。

伊佐とは仲良しだ。よく話をする。だが、それだけだ。

「お里は明るくて働き者で、元気がいいんだ。一緒にいたら楽しいだろうなって思うんだ。誰だって嫁にしたいだろ。そういう娘だったら」

けれど、喜四郎の恋は実るのである。結末は分かっていても、小萩は早く続きが聞きたい。

「その年の藪入《やぶい》りになった。わしは帰る家がないから江戸に残るし、お里も帰らないって言ったんだ。それで、松造とわしとお里の三人で花火を見に行った」

お里は誰かに借りたという露草《つゆくさ》の絵柄の浴衣《ゆかた》を着て来た。よく似合っていた。

「それで気持ちを伝えたんですね」

「それが、だめだったんだ」

「どうして、ですか。それじゃあ。お里さんはよその人のところに行っちゃうじゃないですか」

　喜四郎は少し笑った。

「あ、違いますよね」

　小萩も気づいて笑った。それなら今の寿屋はない。

「花火の途中で松造は用事があるからとか何とか言って消えた。二人になった。そのまま見世まで送っていこうとしたら、お里がわしをこうきっと睨《にら》んでさ、言ったんだ。喜四郎さんは私のことをどう思っているんですか。私がお嫁に行ってもいいんですかって」

「お里さんが、そう言ったんですか？」

「そうだよ。なにしろ猪だから。それからわしはあいつにずっと引っ張りまわされている」

　小萩は微笑んだ。

　若い喜四郎のうれしい気持ちがよく分かったからだ。

　しかし、本当のことを言えば、それからの方が大変だったのだ。

　お里が縁談を断ったので見世のおかみの不興を買い、いづらくなって辞めることになった。しかし、喜四郎ひとりの給金では、お里を養えない。

　二人で相談して喜四郎も見世を辞め、商いを始めることにした。お里が袋物を縫って喜四郎が見世に卸すのである。

お里は仕事が速かったし、よそよりも少し安くしたので袋物はよく売れた。だが一日中働いても、残る金はわずかだ。

「お里はもっと働くと言ったが、それでは体を壊してしまう。わしは少々手間がかかっても高く売れるものをつくりたいと思った。そしたらお里がいい考えがあるって言うんだ」

「それがあのうさぎの人形なんですね」

「守り袋でもあるんだ。背中が袋になっていて、中にお札《ふだ》なんかを入れられるようになっている」

寿屋は袋物の見世なのだ。

「大きな布は高いから、お里は安い端切れをたくさん買って、それを組み合わせて柄にするんだ。そういう細工をお針子の時に覚えたんだな。端がほつれて、しみのある布が、かわいらしい袋に出来上がる。どうやったら、こんな色柄の組み合わせが思いつくんだって聞いたんだ。そうしたらお里は、ふるさとの風景を思い出すんだって言うんだよ」

春、山が青く見えて川沿いの土手に小さな花が咲く。夏には青空が広がって田畑が濃い緑になる。袋物をつくるとき、ふるさとの風景を思い出すと、自然に色や柄合わせが出来るのだ。

「わしは、ふるさとの景色をきれいだなんて、いっぺんも思ったことがなかった。冬は寒くて夏は暑い。畑の土は固くて、ろくに作物は稔《みの》らない。家じゃおやじもお袋も不機嫌な顔をしているし、赤ん坊はよく泣いた。ああ、こんなところ早く出たいって思っていた。わしはお里と暮らして、はじめてふるさとがいい場所だって思えた」

喜四郎は何度もうなずいた。

「わしはそれでやっと、世の中に色ってもんがあるって気がついたんだよ。生きているっていうのは、暖かくて楽しくて、気持ちのいいものだって思えた。朝起きてお天道様《てんとさま》をながめて、うれしい、ありがたいってことさ」

また急に悲しそうな顔になった。

「それは、お里がいたからだ、お里が教えてくれたんだって言いたかった。でも、言わないうちに死なせてしまった。世の中からまた色が消えてしまった」

部屋には穏やかな秋の日差しが射《さ》しこんで唐紙の金砂子を輝かせ、床の間の花入れの紅色の菊を鮮やかに照らしている。喜四郎はそれが分からないと言うのか。

「そんな淋しいこと、おっしゃらないでください。ご隠居がそんな風だと亡くなった大おかみさんも心配されますよ。私は茶話会のお菓子の相談にうかがっています。みなさんに喜んでいただけるような、お話がはずむようなお菓子を考えてきます」

「茶話会か。そんな話があったな。久しぶりに、みんなの顔を見るのも悪くないか」

喜四郎はやっとそんな言葉を口にした。

牡丹堂に戻ると、呉服屋の川上屋《かわかみや》のお景《けい》が買い物に来た。小萩は寿屋のご隠居をたずねていることを話した。うさぎの人形のことになると、お景は身を乗り出した。

「そうなのよ。普段使いの袋物もたくさんあるけれど、あの見世の本当の価値は細工物にあるの」

たとえば、薄い布を小さく切ってたたみ、浮き彫りのようにするつまみ細工。そのほか布を切って別の布をはめこむきりばめ細工。綿を入れて立体感を出して台紙につける押し絵など。そうした技法を駆使してかわいらしいうさぎや子犬、さらには平安絵巻や芝居の一場面などの絵柄をほどこした守り袋や巾着袋、たばこ入れをつくる。それらは裕福な人々の間で人気になった。

「私も一つ巾着袋を持っているけど、それは表が源義経《みなもとのよしつね》で、裏が静御前《しずかごぜん》なの。顔は有名な絵師に筆を入れてもらったって聞いたけど、それはもう、素敵なのよ。あんまりきれいだから、一度お芝居に持って行ったきり。今は部屋に飾ってあるわ」

お景はうっとりとした表情になった。

「うちの番頭から聞いたんだけど、吉原の花魁《おいらん》もみんな頼むんですって」

川上屋には吉原通の番頭がいるらしく、すぐに花魁の話になる。

「たとえばね、馴染み客に帯や打掛《うちかけ》を新調してもらうでしょう。そうしたら、共布で香袋なんかをつくらせて、その人が来たら、懐からすっと取り出して見せる。肌身離さず身につけて、あなたのことを思っていますよってことなのよ」

あるいは、男の名前や干支にちなんだ絵柄の紙入れやたばこ入れを仕立てて贈る。

金に糸目をつけないお客のために、この世でたった一つの贅沢な袋物をつくることで寿屋は名を高め、使用人を何人も抱える大店になった。

けれど、それはお里の細工物の腕だけで築いたものではない。喜四郎の商人としての手腕があってこそだ。

「あ、そうそう。小萩ちゃん。あの見世のお守り袋の話を知っている？　好きな人への文を入れておくと、想いが伝わるのよ」

「本当ですか？」

小萩は思わず目を見張る。

「言いたくても言えないことを文にして入れておくのよ」

やっぱり伊佐の顔が浮かんでしまう。頬が熱くなった。

「私のお客さんでうまくいったっていう人が何人もいるわよ」

お景はにっこりと笑った。

牡丹堂にお福をたずねてお栄が来た。

小萩が呼ばれて座敷に行くと、お栄がにこにこ笑っている。

「いろいろ話を聞いてくれてありがとうね。おかげで、おとっつぁんも元気が出て来たみたいよ。今朝も、心配かけて済まないなんて言うの。びっくりしちゃったわ」

「そうかい。そりゃあ、よかった。ならば、そろそろお菓子を決めたいねぇ。小萩はどんなものがいいと思うかい？」

お福がたずねた。

「うさぎにちなんだものはどうでしょうか？」

小萩は喜四郎とお里の縁結びとなったうさぎの話をした。

「かわいらしいわねぇ」

お栄が言った。

「ほかにはないかい？」

お福がたずねる。

「お里さんがちりめん細工やきりばめの袋物を考えて、それが商売の礎《いしずえ》になったとうかがいました。巾着袋を模したものも面白いと思います」

「寿屋らしいわ」

お栄がうなずく。

「巾着袋は中に何か入っているのかい？」

お福が聞く。

「そのつもりなんですけど……」

「どうすればいいか、自分で考えてごらん」

お福が言った。

小萩は仕事場に戻ると菓子帖を取り出した。こんなものをつくりたい、あったらいいなと考えた菓子を絵にしてまとめた帳面だ。

うさぎの菓子と書いてみた。頭に浮かんだのは、ちりめん細工の人形である。饅頭の皮を三色ぐらいに染め分けて、耳と目をつける。

「何、やってんだ？」

幹太が帳面をのぞきこんだ。

「それ、うさぎか？　そうは見えないよ」

あっさりと言われた。

「うさぎの焼き印なら、いくつかあるよ。そっちを使ったらどうだ？」

伊佐が手に取って持って来てくれた。

「麩《ふ》焼《や》きせんべいに押しても面白い」

サクサクと軽い歯触りで薄甘い麩焼きせんべいは茶席菓子によく使われる。

そういえば彌彦神社にうさぎの伝説が伝わっていると言っていた。麩焼きせんべいをお守り札の形にして、焼き印を押してみようか。

しかし、問題は巾着袋の方である。小萩は思い付きを口にした。

「最中皮にいろんなお菓子を詰めてみるっていうのは、どうですか？」

「金平糖《こんぺいとう》とか、煉り切りとか入っているのか？　食べにくそうだなぁ」

留助が渋い顔をする。

「最中っていうのは、中にたっぷりあんこが入っているからうまいんだよ」

伊佐が諭すような言い方をした。

「分かりました。最中はやめにします。もう少し自分で考えます」

うさぎの方を麩焼きせんべいにするなら、もう一品は煉り切りか饅頭にしたい。

小萩はそれからずっと考え、夕飯の支度をしながらも考え続けた。昆布《こぶ》巻きをつくっているとき、ひらめいた。

そうだ。色を重ねて巻けばいいのだ。

片付けが終わって、菓子帖を開いた。緑、白、黄色の生地を重ねて、巾着のように口をしぼる形にした。

「こういうお菓子はできるでしょうか？」

徹次に見せた。

「巾着形かぁ。まぁ、できないこともないだろう。そうだなぁ。お金が入っているってことで、小豆の甘煮を入れたらどうだ？」

こうして、菓子の案がまとまった。

あくる日、離れに行くと、喜四郎が待っていた。小萩は香ばしいほうじ茶をいれ、お菓子をすすめた。この日は柿の姿の煉り切りを用意した。

お茶を飲んで一息ついたところで、小萩は菓子帖を広げた。

「そろそろ茶話会のお菓子のことを決めませんか？　見世の職人たちとも相談していくつか考えてきました」

小萩が出がけに描き上げた菓子の絵を見せた。

「これは彌彦神社のお守りを模したもので、麩焼きせんべいを五角形に切ってうさぎの姿の焼き印を押します。粒あんを間に挟んでもいいですし、甘酸っぱいあんずの甘煮もおいしいと思います」

「なるほど」

喜四郎は静かに小萩の説明を聞いている。

「もう一つは、煉り切りです。薄紅色の巾着袋で紅色のひもを結んだ形になっています。楊枝を入れると中から白、赤、黄、青と重ねた色が見えてきて、中心はつやつやとした粒あんです。これは商売繁盛、家内安全、健康長寿とたくさんの幸せを重ね、希望と喜びで巾着袋はぷっくりとふくらんでいるということを表しています」

――ご隠居は大おかみが亡くなって色が消えたとおっしゃいました。だから、あえて色をたくさん使っています。

小萩は心の中で喜四郎に語りかけた。

喜四郎はしばらく考えていた。

「彌彦神社と袋物の組み合わせか。寿屋らしいな。それで、お願いしようか」

「それなら、明日にでもまた見本を持ってうかがいます」

「そうしてくれ。ありがとうな」

小萩は驚いて喜四郎の顔を見つめた。

「あんたがきちんとわしの話を聞いてくれたから、わしも正直に答えた。菓子もいいものができるだろう」

「はい。ありがとうございます」

小萩はうれしくて声が震えた。

喜四郎をたずねた最初の日は、ほとんど何もしゃべってもらえなかった。次のときは、どうでもいいことを聞くと言われた。喜四郎はぼんやりしているように見えたが、小萩が何をしに来たのか、ちゃんと分かっていた。小萩が正面から喜四郎に向き合い、その言葉に耳を傾けたとき、喜四郎ははじめて心を開いてくれた。

小萩は飾り棚のうさぎの守り袋に目をやった。

何か言いたそうにしている。

「うさぎのお守り袋の中を見てもいいですか？」

「ああ」

喜四郎はいぶかしげにうなずいた。

小萩はうさぎの守り袋を手に取った。

――あの見世のお守り袋の話を知っている？　好きな人への文を入れておくと、想いが伝わるのよ。

お景の言葉を聞いて、小萩は思いついたことがある。

――言いたくても言えないことを文にして入れておくのよ。

それは確信に変わった。

背中の赤いひもがちょうちょ結びになっている。それを解くと、袋の口が開いた。中に紙片が入っている。

「大おかみからの文です」

小萩はそれを喜四郎に渡した。

四

牡丹堂に戻ると、徹次と留助、伊佐、幹太が集まって、霜崖の茶会の菓子の相談をしていた。

「やっぱり白うさぎがいいよ。月に向かってはねているんだ」

幹太が言えば、伊佐は「月夜にすすきの原が銀色に輝いている風景がいい」と主張する。

「黒い池に白い月が映っている情景」と留助はいつになく風流なことを言い出した。

すでにいくつか案を出し、見本もつくったが、霜崖はうんと言わない。何かが違うと言うのだ。

その何かがつかめず、話し合いは煮詰まっていた。

「おはぎはどう思う?」

幹太がたずねた。

霜崖の侘《わ》びた茶室の様子が浮かんだ。田舎家のように壁も柱も粗末で古びて見える。それが侘茶《わびちゃ》というもので、あえてそのように設《しつら》えていると聞かされた。最初は驚いたが、いくつかの茶室をたずねたので、少しずつ見方が分かってきた。

空に昇った月が主役。

その月を際立たせ、いっそう美しく見せるための菓子。

霜崖はなぜ色を省きたいと言ったのだろう。

喜四郎はお里が死んで、色がなくなったと言った。喜四郎にとっての色は喜び。お里そのものだ。この世は豊かで暖かく、生きるに足ると思わせる存在。

色が不要だと言っているのではない。

色がなくても、色がある。色を使わずに色を表す。

茶人らしく少しひねったもの。食べた後に深い意味に気づくような菓子を望んでいるのではないだろうか。

「黒はどうですか？　いろんな色の絵具を混ぜていくと黒になります。そうすると、黒い色にはすべての色が混じっているという風にも考えられますよね」

「すべての色を含んだ黒か。黒で色を感じさせられたら面白いな」

徹次がつぶやいた。

「墨絵は墨一色だけど、色を感じる」留助が続く。

「ぬめぬめ光る黒漆《くろうるし》のような黒羊羹《くろようかん》とか」伊佐が言う。

「それを言うなら、和三盆《わさんぼん》の白にも、銀箔にも色がある」幹太が目を輝かせる。

「黒羊羹と和三盆、銀箔の組み合わせでいこう」と徹次が言えば、「銀箔を小さな四角や三角にして、ちらしてみたらどうだろう」「黒羊羹の上に和三盆をのせて、対比を見せるのは？」「月が丸いから、形は角だな」。

口々にみんなが言った。

方向が決まれば後は早い。やがて一つの形にまとまっていく。

みんなが思ったことを言い合って流れができて、新しい何かが生まれる。

小萩は今、その中にいる。

「今まで出たものを下敷きにして、伊佐と幹太でいくつか案を考えてみろ」

徹次の言葉に、幹太は顔を輝かせ、「合点承知」と飛び上がった。

二日後、それは菓子の形にまとまった。

黒糖をたっぷり使った漆黒《しっこく》の羊羹に和三盆糖の白蜜を塗り重ね、きっちりと四角く切ってある。真上から見ると白一色。横からながめると黒が見える。さらに目を細めてよく見れば、銀の砂子を雲のように撒いているのが分かる。

「面白い、面白い」

霜崖はとても喜んだ。


茶話会の日が来た。

寿屋の離れには日本橋界隈の商家の店主とご隠居が六人、顔をそろえている。

「このお部屋に来ると、お里さんのことを思い出しますねぇ」

「大おかみはにぎやかなこと、楽しいことがお好きでしたからねぇ。まだ、そこに座っていらっしゃるような気がしますよ」

人々はそんな言葉を口にする。

お栄が来客に挨拶を交わす。

「みなさまに来ていただいて、母も喜んでいると思います。ありがたいことです」

小萩は菓子を運ぶとき、次の間の端から、ほんの一瞬、その様子を見ることができた。

喜四郎の四角い顔に太い眉は相変わらずだが、口元のへの字が一の字になったような気がする。普通にしていても怒っているような顔が今日は穏やかに見える。

うさぎの姿の焼き印を押した軽やかな麩焼きせんべいを女中が運ぶ。

「おや。ご隠居はうさぎ年でしたかな？」

「いやいや。わしとお里のふるさとは越後の弥彦でね。彌彦神社さんにはずっと守っていただいているんですよ。うさぎは彌彦神社のお使いです」

喜四郎はいたずらなうさぎを弥彦の神様が諭したといういわれを説明する。

その声に力がある。

水屋では伊佐が煉り切りを用意していた。

菓子が配られるとお客から声があがった。

「さすが寿屋さん。お菓子も袋物ですな」「楽しい、きれいな色だ」「お里さんは小さな布でいろいろな景色をつくってくれましたねぇ」

喜四郎の声が聞こえる。

「若い頃は染物屋で奉公していたのに、私は色にはとんと疎《うと》かった。世の中には灰色と白しかないと思っていましたよ。お里に会って、私は世の中に色があるってことに気づいた。だから、寿屋の袋物は色をたくさん使う。明るくて暖かい色、粋な色、楽しいじゃないですか」

笑い声が響く。

小萩はうさぎの守り袋に入っていたお里の文を思い出した。

お里が気力をしぼって書いたであろう文は、文字こそ弱々しく、途切れたり、曲がったりしていたが、その言葉は若い娘のように明るく、みずみずしく、喜四郎への思いやりにあふれていた。

「喜四ちゃん、申し訳ありませんが、お先に失礼させていただきます。

普通のことではないと薄々感じていました。ですが、お医者様に行くのが怖くて一日延ばしにしていました。悪いのは私ですから、ご自分を責めないでくださいませ。

喜四ちゃんは私に引っ張られたとおっしゃいますが、それは間違いです。喜四ちゃんが私の手を引いて歩いてくださいました。喜四ちゃんのおかげで、縫い物しか知らなかった私も、いっぱしの商人になりました。

夢中で歩いて来た旅でしたが、終わりが来ました。

どうぞ、これからも健やかに。今までありがとうございました。お礼を申します　里」

あの日、何も言わず文を見つめている喜四郎を残し、小萩は離れを出た。目の前が涙でくもって見えなかった。

牡丹堂に戻ると、ちょうど飛脚がお福あての文を届けに来たところだった。

お福は口を引き結び、にらみつけるように文を見ている。

「千代吉姐さんが倒れたってさ」

お福の顔は白くなっていた。

晩秋　留助の恋と栗蒸し羊羹

一

千代吉の病は軽いものではないらしい。すっかりやせてしまって、食事も粥を少しだけ。昼近くなってやっと布団に起き上がれるほどだという。医者の話では、長年の酒毒で体が弱ってしまったのだそうだ。

深川の頃からの昔馴染みのお照《てる》という女が看病しているが、お照も家族があるので長くはついていられないということで、お福が代わりに大森に出かけた。

「あとは、みんなに頼んだよ。小萩は見世の方をしっかりね。手が足りなかったら、お客の相手や注文取りに幹太でも、伊佐でも使っていいから」

お福はそんな言葉を残していった。

――おかみさんの分も頑張らなくちゃ。

小萩は張り切る。

しかし、思うようにはいかないものだ。

小萩が見世に立っていると、女の客がやって来た。年ごろは四十を少し出たぐらいか。何度か見かけた顔である。瀬戸物屋のおかみと聞いた覚えがある。

大福を売り切って、手の空く時間だった。

「お使い物ですか？」

小萩はたずねた。

「お客さんなんだけど、お菓子、何がいいかしら」

「上生菓子はいかがですか。今日の上生菓子はきんとんが菊、煉り切りが秋の夜半、桔梗、風の音がございます」

「そうねぇ」

迷っているらしい。首を傾げた。

「羊羹にしようかしら」

「本煉りの羊羹は小豆、白小豆を紅色に染めた紅《くれない》、黒糖の三つがございます」

「最中もいいけど」

「焦がし皮はぱりぱりしていると、好評です」

「いちいち返事されたら、考えられないわ。少し黙っていてもらえないかしら」

女は少し苛立ったように小萩を見た。

小萩が黙ると、女は見世の中をあちこち見回した。

「おかみさんは、まだお戻りにならないの？」

「はい。所用がございまして、しばらくは戻らないと思います」

「そう。困ったわ。こういうとき、おかみさんがいらっしゃるとねぇ」

――あなたじゃ、役に立たないわ。

そう言われた気がして小萩はうつむいた。

お福なら、こういうとき上手に来客の年格好や来訪の目的を聞き出すだろう。気の張る相手なのか、遠方からの懐かしい友人か、甘い物好きか、そうでないのか。相手のちょっとした言葉から糸口を見つけて、「それなら、こちらを」と最適なものを薦めるのだ。

小萩にはとうてい、そんな真似は出来ない。

女が言った。

「手の空いている職人さんはいないのかしら？」

仕事場に声をかけると、伊佐が出て来た。

「舅《ちち》が昔お世話になった方が久しぶりに江戸にいらっしゃるというので、何かちょっと気の利いた、江戸らしいものを用意したいの」

「いらっしゃるのは、いつですか？」

「明日の昼すぎ」

「それなら、上生菓子をご用意いたしましょうか」

伊佐は表情こそ少々硬いが、なめらかな調子で受け答えをする。

お客の年齢は七十代で、漢詩を好む。そんなことも伊佐は聞き出していた。

「生菓子もいいですが、羊羹はいかがですか。羊羹が好きという男の方も多いですよ。甘さがしっかりしていますし、角がぴしりと決まっているのが気持ちいいそうです」

「そういえば、以前、あちらにうかがったとき羊羹を出していただいたわ」

「うちの羊羹は江戸風ですから歯切れがよくて、きれいな甘さです。すかっとしているんです」

「そう。じゃあ、羊羹をいただこうかしら」

羊羹を手にした女は満足そうに見世を出て行った。

そのやりとりを小萩は唇を噛み、うつむいて聞いていた。

「困ったら、いつでもこっちに声をかけてくれたらいいからな」

伊佐が言った。

「はい、お願いします」

小萩は答えたが、胸につかえるものがある。

翌日も、別のお客に「おかみさんに相談したかったのになぁ」と言われた。

「今日は戻りません」と答えると、「じゃあ、いいや。また来る」と出て行った人もいた。

私じゃ、だめなんだ。

お福の留守を精一杯守ろうとした気持ちがしぼんでいく。

自分だけ頑張っても、お客に信用されないのでは仕方がない。

思い返してみると、お客たちは異口同音にお福のことをたずねた。

「旅行？　なんだよ。のんきに。しょうがねぇなぁ」

「そんなこと言って、また弥兵衛さんが何か、やらかしたんじゃないの？」

そんな軽口をたたくお馴染みもいる。

最初は、何とも思わずに聞き流していたが、それはつまり、お福がいないと話にならないということではなかったのか。今まで小萩が薦めた菓子を買って行ったのは、後ろにお福がいたからだ。小萩だけでは、心もとない。決まった物だけ買って行けばいいということになる。

お福がいない分、小萩は見世に立つ時間が増えた。最中にあんを詰めたり、饅頭を包んだりと、少しずつつくる方の仕事もさせてもらっているのに、その時間がなくなったことも残念だ。

「おかみさん、まだ、帰ってこないの？」

お客の何気ない言葉が心に刺さる。

小萩の背中が丸くなる。声が小さくなる。笑顔が固くなる。

そんな変化に気づいたのは、幹太だ。

「おはぎ。なんか、最近、元気ねぇな」

井戸端で洗い物をしていると、幹太が来て言った。

「そんなことないですよ。ぜんぜん、今まで通りよ」

「そうかあ？　前は、おはぎがしゃべる声が仕事場まで響いていたけど、昨日も今日も声が聞こえてきやしない」

鋭いところを突いてくる。

「背中も丸くなって、ばあさんみたいに見えた」

「今度そういうことを言ったら、ただじゃおかないから」

ぶつまねをしたら、へへと舌を出して逃げていってしまった。

徹次たちも気づいていたのかもしれない。留助と伊佐が交代で見世に立つようになった。

「小萩だけじゃ、やっぱり大変だよな」

伊佐は小萩を気遣うように言ったが、なんだか見世番失格と言われたような気がした。

実際、並んで立っているとお客は留助か伊佐に相談する。

伊佐はきちんとした受け答えをする。それは分かっていたが、意外だったのは、留助の客あしらいのうまさだ。

「きんとんはね、後ろの方から箸をぐっと突き刺して器に移すと形がくずれない。穴が空きますから、ちゃちゃっと埋めておいてくださいね。それをするのとしないのとでは、大違いですから」

ちょっとしたコツを伝授すると、お客は喜ぶ。

「あら、いいことを教わったわ」

にこにこして帰って行く。

小萩も同じように言ってみたが、お客はさほど喜ばなかった。職人の留助が言うから、価値があるらしい。

小萩の声はますます小さくなり、伏し目がちで背中は丸くなった。

お届け物で神田に行き、その足は自然と千草屋《ちぐさや》に向いた。造りは古いが趣《おもむき》のある見世で一人娘のお文《ふみ》が見世に立っている。

「あら、小萩ちゃん。今日はどうしたの？」

お文はさわやかな声を出した。いつものように藍色の着物に藍色の帯をしめ、白の半襟、髪にはかんざしも挿していない。だが、それがかえってお文の清楚な美しさを際立たせているようだ。

「お客さんがね、口をそろえたように、おかみさんはまだ帰らないのかって、聞くの。やっぱり、私じゃ心もとないのかしら。お見世に立つのが辛くなっちゃった」

「そりゃあ、年季が違うもの。おかみさんのようにはいかないわよ。私だって、ああいう風になりたいと思うもの」

お文はころころと笑った。お文の表情は明るい。父親の作兵衛《さくべえ》の足は相変わらずで菓子をつくるような力仕事はできないが、口入れ屋の紹介でいい職人が来てくれたという。以前からいる職人たちとも馴染んで、よく働いてくれるそうだ。

「それは分かっているんですけど……。この頃、お菓子が残るんです。だから、みんなに申し訳なくて」

水羊羹や大福は日持ちがしないので、その日のうちに売り切ってしまわなくてはならない。たとえば雨が降ってお客が少ないというような日でも、お福は売り切ってしまう。

「今日の水羊羹は特別おいしいんですよ」

お福に言われると、お客はつい買いたくなるらしい。

「そうだなぁ、じゃあ、いっしょに入れてもらおうか」などと言う。小萩が真似をして同じように言ってみても「ああ、そっちはいい」と簡単に言われてしまう。

言い方なのか、呼吸なのか、どこがツボなのか分からないが、お客はお福の意のままに動く。水が低いほうに流れるようにだ。

「私もね、おっかさんが亡くなって初めて一人でお見世に立った頃は不安でしょうがなかったのよ。前からお見世には出ていたのよ。でも、おっかさんがいるのと、いないのとでは全然違う。そういうのが顔に出ていたんだと思う。お客さんに『大丈夫か？　心配だなぁ』って言われたこともあったし。自分でもこれじゃいけないと思うんだけど、空回りして失敗が重なった。声が小さくなって手がふるえて、そのうちにお客さんの前に出るのが怖くなった」

「そんなこともあったんですか？」

「そうよぉ。あるとき、ひょっこりお福さんがうちのお見世に来てくれたの。それでね、大丈夫だから安心おしって言ってくれた。にっこり笑って、何かお探しですかって聞けばいいんだよ。そしたら向こうが、あれこれ言うからさ。何にも言わなかったらこっちも黙っていればいい。しゃべりたくない人もいるんだからって。それで力が抜けた。ふつうにすればいいんだって思ったし、小さなことでいちいち、くよくよしなくなった」

お文の言葉に小萩は少し安心する。お文は小萩の姉のお鶴に似ている。どちらも美人で頭がよくてしっかりものだ。

「でもね、お客さんに安心してもらえるようになるには、時間がかかった。一年過ぎたころ古いお馴染みさんに言われた。ああ、やっとこっちも緊張しないで、お菓子が買えるようになったって。お客さんには、私たちの気持ちが意外によく見えているものなのよ。小萩ちゃんが落ち込んでいるのが分かるから、お客さんも声をかけにくいんじゃないのかしら」

そうか。小萩が暗い顔をしているからか。小萩は笑顔になった。

「私のお守りを見せてあげるわね」

そう言ってお文は懐から小さな袋を取り出した。縞や格子などの端切れを縫い合わせてなすの形にしたものだった。

「もしかして寿屋さんのお守り袋ですか？」

「そうよ。かわいいでしょ」

「想う人に心が通じるっていわれている、お守り袋ですよね」

小萩はあわてて確かめた。

伊佐は千草屋を手伝ったことがあり、その縁で作兵衛から婿に来てもらいたいと言われたことがあった。伊佐がまだ徹次の下で働きたいと言ったのでその話は流れたが、お文と伊佐は傍目《はため》に見ても美男美女同士、お似合いである。

もしかして、お文は伊佐への想いを書いた文を守り袋に入れているのではないか。

やっぱり、お文は伊佐のことが好きだったのか。

お文なら仕方がないという想いと、それは困るという気持ちが一緒になって頭の中をぐるぐると回った。

「えっ、何のこと？」

お文はきょとんとした。

小萩が説明すると、お文は笑い出した。

「そんな話があるの？　知らなかったわ」

まだ母親が生きていたころ、二人で選んだものだという。

「なすの種は全部芽が出て、むだになるものがひとつもないんですって。そんな風に一度来たお客さんがお馴染みさんになってくれるように。商いが広がって繁盛しますようにって、願をかけたのよ」

それから、お文はどんなお客さんがいつ来て、何を何個買ったのか、書き留めるようになった。

「全部じゃなくていいのよ、大変だから。でも、それをすると名前も覚えるし、次にいらしたとき、ちゃんと応対できるのよ」

「分かりました。やってみます」

「すぐには結果が出ないかもしれないけど、少しずつね」

お文は言った。

牡丹堂に戻ると小萩はすぐ紙と筆を用意した。そうすると、お文に少し近づいた気がしたので、実家から持ってきていた藍の着物と藍の帯に着替えた。

仕事場に行くと、幹太が目を丸くした。

「なんで、そんな年寄りみたいな着物着るんだよ」

留助がにやにやと笑った。

「千草屋のお文さんの真似だろ」

図星である。

「だけど、なぁ」

「なんですかっ」

「いやいや、何でもない」

留助はお文を月下美人のような人だと言う。夏の夜、白い大きな花をつける仙人掌《さぼてん》である。月下美人の真似を、地味な小萩がしても似合わないと言いたいらしい。

「お文ちゃんとは月とすっぽんとか言いたいんでしょ。それぐらい、分かっています」

小萩の声が大きくなった。

「なんだ、騒がしいなぁ」

裏の戸を開けて、徹次が顔をのぞかせた。伊佐も一緒だ。奥から弥兵衛も出て来て、

「どうかしたのか」とたずねる。

「まぁ、なんにしろ、小萩が元の調子になったんだ。よかったなぁ」

徹次が言うと、それぞれうなずいた。

みんなに心配をかけていたんだ。

小萩はやっと気がついた。


幹太はこの頃手が空くと日本橋の菓子屋、伊勢松坂《いせまつざか》に通っている。

伊勢松坂は将軍家の御用も賜《たまわ》る大店で、名実ともに江戸で一番といわれている。しかし、主人の松兵衛《まつべえ》がなかなかのくせ者で、去年、京と江戸の菓子対決をしたときには自分たちは競い合いに出ないと言ったくせにあれこれ口を出し、挙句に職人を連れて牡丹堂にやって来た。負けて見世の名に傷がつくのを恐れているが、首尾よく勝ったら名乗りをあ

げるつもりだったのだ。

「幹太さん、なんで伊勢松坂になんか行くの？」

小萩は戻って来た幹太をつかまえて、たずねたことがある。

「だって、あそこの菓子はいいよ。そう思わないか？　どの菓子も大きくて見栄えがいい。値段も高いけど、びっくりするようないい材料を使っていることもあるんだ。勉強になるんだよ」

菓子対決のときのあれこれなど、まったく気にしないという風であった。

夕方、そろそろ見世を閉めようかという時間だった。

「なんだ、幹太は今日も伊勢松坂か」

徹次は小言を言いたげである。

「よその見世で迷惑をかけていなきゃいいんだが」

「幹太さんは、はしっこいから大丈夫ですよ」と留助。

「それに、こっちの仕事も手を抜いてませんよ。段取りもよくなったし、朝も一番に来ていたりしますよ」

伊佐が言う。

以前は寝坊して、よく朝の大福つくりに間に合わなかった幹太だが、この頃は小萩が仕事場におりてくると、一人で豆を洗っていたりする。

「伊勢松坂さんでは、特別扱いらしいですよ」

小萩は口をとがらせた。

伊勢松坂では松兵衛が「二十一屋の若旦那」と呼んで仕事場に入れ、いろいろ教えてくれるらしい。幹太もお礼代わりに洗い物や掃除をしているという。

そんな話をしていると、幹太がふらりと入ってきた。

「おや、二十一屋の若旦那が戻ってきた」

留助が言うと、幹太は頭をかいた。

「その言い方、やめてくれよ。伊勢松坂に行くと、みんながそんな風に俺を呼ぶんだ」

「今日は何を見せてもらったの？」

小萩がたずねた。

「栗蒸し羊羹だよ。あそこの栗蒸しは生地もねっとりして、うまいんだ」

「そうだな、栗もでかいな」

留助が続けた。

秋になれば菓子屋の見世先に栗蒸し羊羹が並ぶ。

二十一屋では、やや小粒だが味のある栗を使っている。朝採りの栗を届けてもらい、すぐ皮をむき、ゆでて三日間蜜漬けにする。ほっくりとして風味のいい栗となめらかな羊羹生地が相まって、味わい深い。

伊勢松坂の栗蒸し羊羹の栗は「どうだ」と言わんばかりに丸々と太った大粒の栗である。栗は口の中でくずれるほどにやわらかく、羊羹はねっとりとしてやや甘めだ。しかも、大きな栗を使っているのに、伊勢松坂の栗蒸し羊羹は栗だけがぽこりとはずれることがない。それが、人気の理由でもある。

「そうなんだよ。栗をのせるとき、なんか細工をしていると思うんだけど、そこはなかなか見せてくれねぇんだ」

「当たり前だよ」

伊佐が口の端を少し上げて笑った。

「そこが技なんだ。幹太がそれを知りたくてやって来ているのも分かっている」

「松兵衛さんが言うんだよ。『どうだ。うちの栗蒸し羊羹はうまいだろ。あんたのところと比べてどうだ。栗蒸し羊羹っていうのは、こうでなくちゃだめだ』」

幹太は松兵衛の口真似をした。

それがあまりによく似ていたので、小萩はつい笑ってしまった。

「うちの栗蒸し羊羹だって負けてないぞ」

徹次が言った。弥兵衛が牡丹堂を始める時に考えたもので、その味を徹次が引き継いでいる。

「わざわざよその見世に行かなくても、牡丹堂で習えば十分じゃない」

小萩も言った。

「そうだよ。牡丹堂の栗蒸し羊羹は天下一品だ。初めてこの見世に来た時、栗蒸し羊羹を食べさせてもらった。うまかったなぁ。気づいたら、俺はここで働かせてくださいって頭を下げていた」

留助は十年前、二十歳で二十一屋に来た。

「その前は両国の近江屋《おうみや》って大きな菓子屋にいたんだ。十の年に奉公に出て、少しずつ仕事を覚えて、なんとか職人の端っこになったのが十九の年」

「そこまで辛抱して辞めちまったのか。もったいねぇな」

伊佐がつぶやいた。

「そんな時、先代が亡くなって息子が見世の主人になった。先代は『いい材料を使うからうまい菓子ができる。悪い材料でいくらこねくり回しても、うまくなんねぇ』って人だったけど、息子の方は味よりそろばんだ。少しずつ材料の質を落としてみたけど、お客がさほど減らなかったから、あんこの砂糖をザラメ糖から白砂糖に変えるってことにした」

ザラメ糖は高価だが、純度が高いのですっきりとした甘さになる。

「俺はお客さんに見世の味が変わったって言われませんかねぇって、つい言っちまった。そしたら何を生意気な、仕事もできないくせにって怒鳴られた」

本当のことだからと口答えしたら、火に油を注ぐ結果となった。

「顔を真っ赤にして俺に盾突くような奴はこの見世にいらねぇ、とっとと出て行けって言うから、分かったよって答えた。まぁ、もともと俺のことは気に入らなかったんだよな。怠けてるとか、まじめにやれとかよく怒られたから」

仕事が立て込んでみんながイライラしている時も、留助は「まぁ、そうあわてずに」という風にのほほんとしている。留助のような者がいるとほかのみんなの気持ちが落ち着いて、目の前の仕事に集中できるのだが、近江屋の主《あるじ》はそうは思っていなかったらしい。

人伝《ひとづて》に牡丹堂で人を探していると聞いてやって来た。

その頃、弥兵衛は徹次とともに仕事場に立っていた。見世の方はお福とお葉《よう》が見ていて、お葉は菓子もつくる。伊佐は九歳で幹太が五歳だった。

「思ったより小さな見世だった。近江屋は職人が何人もいた見世だったから、家族だけってぇのがちょいと心配になったけどさ、弥兵衛の旦那と会って、栗蒸し羊羹を食べたら気持ちが変わった。俺だって、だてに十年も菓子屋で奉公してたわけじゃねぇ。いい材料使って、まっとうに仕事をしてるって分かったんだ。俺がいきなり、働かせてくださいなんて頭を下げるから、旦那の方が驚いて、雇うかどうかは、お前の働きぶりを見せてもらってからでいいかなんて言われた」

留助は急にまじめな顔になって言った。

「よその見世はここととはずいぶん違うだろ。それを知るのも、悪いことじゃない」

「そうだな」

幹太はうなずいた。

「伊勢松坂なんかさ、みんな目がこう吊り上がって、しょっちゅう言い争っているんだ。あれは、腹が減っているんだな」

「そうなの？」

小萩は以前、牡丹堂に手伝いに来た見習いの小僧がご飯のお代わりをうれしそうに食べている様子を思い出した。

伊勢松坂の朝ご飯は番頭から一番下の見習いまで同じ部屋で並んで食べる。味噌汁は器の底が透けて見えるほど薄い。漬物は三枚。それに薄味の煮物がつく。目刺しが月に一度で、いつもは野菜だけ。ご飯はどんぶりに一杯が決まり。

味が薄いのはご飯が進まないようにするためだ。ふだんからたくさん食べないようにしているると、胃が小さくなって小食でも平気になる。

「腹がいっぱいだと、味がよく分からなくなるんだってさ」

「ふかし芋を出したとき、そんなことを言ったな」

伊佐が言った。

頬にしわが寄るほどやせた職人頭の由助《よしすけ》は、そう言ってお福の心遣いのふかし芋を断った。うれしそうに手をのばした小僧たちも、その言葉を聞いてあわてて手をひっこめた。そのときの切なそうな顔を小萩は忘れられない。

「夜は寝るだけだから、おかゆだよ」

おかゆにすればご飯茶碗一杯がどんぶり二杯の量になる。ただし、水でふくらんでいるだけだから、すぐに腹がすく。

「朝飯前に仕事場に行くと甘い匂いがするだろ。腹が減っているから辛いんだって」

だから、伊勢松坂の小僧たちはやたらと水を飲む。水で腹をふくらますのだ。

「俺はそういうのは嫌だな。働いている人間がそんなだったら、いい菓子は出来ないよ」

「ありがたいねぇ。さすが、二十一屋の若旦那だ」

留助がまぜっかえせば、「照れるぜ」と幹太は冗談で受ける。

幹太は急に背が伸びた。顔つきも大人っぽくなった。それ以上に中身が成長している。

徹次がたのもしそうに幹太を見ていた。

二

仕事が終わるのは、いつも夜になる。夕食の後片付けを終えて小萩が仕事場に行くと、いつも誰かがいて新しい菓子を考えたり、今ある菓子に工夫を加えたり、自分の技を磨いたりしていて、小萩もそこに加えてもらうこともある。

だが、留助はあまり加わらない。

その日の仕事が終わって明日の用意をすませると、独り住まいの長屋に帰っていく。その途中で、大川端沿いの居酒屋の沖屋《おきや》に寄って一杯ひっかけるというのがお定まりである。

「それじゃあ、あっしはそろそろ」

見世を出ようとする留助に、幹太が声をかけた。

「ねぇ、留助さんとお滝《たき》さんってどうなっているのさ？　一緒になるんじゃなかったの？」

留助がのんきな様子で振り返った。

「なんだよ、藪から棒に、お滝がどうしたって？」

お滝は沖屋で働いている二十一になる娘だ。留助の話によく出て来るから、小萩は知っているような気になっているが、会ったことはない。

留助とお滝は居酒屋の仲居とお客という間柄より、もう少し進んでいる（らしい）。留助は仕事帰りに沖屋に行き、お滝と冗談を言い合うのを楽しみにしている（らしい）。お互い年に不足はないから、当然、先のことを考えることもある（だろう）。

という風に思っていた。

「だってさぁ。伊勢松坂の由助さんがお滝さんを気に入って、三日にあげずに通ってるんだよ。あの堅物の由助さんもいよいよかって、向こうの見世じゃ噂になっているよ」

「へぇ？　そりゃあよかった。お滝みたいなおへちゃにも通ってくる男がいるんだ」

留助はカラカラと笑ったが、頬がひくひくと動いている。

「俺、ちょっと行くところがあるから」

足早に出て行った。

「さっきの話、本当なのか？」

しばらくして、伊佐が幹太にたずねた。

「お滝さんのこと？　そうだよ。嘘言ったってしょうがないだろ」

幹太は手についた粉をぱたぱたとはたきながら答えた。

「お滝さんもまんざらじゃないみたいで、由助さんが行くと、うれしそうな顔をするんだってさ。まぁ、それは由助さんと一緒に行った人の話だから、どこまで本当だか、わかんねぇけどね」

「それは大変じゃないの」

小萩は驚いて言った。

伊佐は黙って小豆を計っている。

伊勢松坂には二十人から職人がいる。由助は職人頭で、店主の松兵衛の信頼も厚い。今も、そしてこれからも伊勢松坂を支えていく人物である。由助といっしょになれば、玉の輿とまではいかないまでも金の苦労はないだろう。

「留助さんこそ、本気出さなくっちゃ」

小萩は以前、留助に言われた言葉を思い出して言った。

留助は小萩に、何のために江戸に来たのだ、もっと本気を出して伊佐をつかまえろとけしかけたのだ。

留助はやさしくて、なにごとにもおおらかだ。仕事がたてこんでみんながキリキリしているとき、留助がいるとほっとする。世間の噂に詳しくて、あれこれ面白い話をしてくれる。ちゃらんぽらんのように見えて、まかされた仕事は手を抜かないし、きちんとこなす。

「留助さんはここ一番ってときに押しがきかねぇんだよなぁ」

幹太が生意気な口をきく。

「なんだ、留助がどうした？」

弥兵衛が顔を出した。

「じいちゃん、なんで、留助さんは独り者なんだ？」

幹太がたずねた。

「そうだなぁ。留助はいい男だ。だけど、昔、酷《ひで》え目にあったから女に凝りてるんじゃねぇか」

なんだ、どういう話だと幹太が身を乗り出す。小萩も開いた菓子帖をおいて弥兵衛の傍に寄った。

「何年前だったかなぁ。行きつけの居酒屋の娘と仲良くなった。向こうも憎からず思っているようなこと言うから、留助のやつ、すっかりその気になってさ。『あいつとなら所帯持ってもいいかも』なんて、酔っ払ってわしにうれしそうに言ったんだ。その女がある日、急に姿を消した。見世を辞めて他の客と一緒になったんだ」

「だまされたってことか？」

幹太が首を傾げた。

「いやいや。女がお愛想で言った言葉を本気にして、勝手にのぼせちまったってことだろうな」

「それで、女の人に近づかなくなった……」

小萩がつぶやく。

「自分は女にもてない、友達の方が楽だし、ずっとそれでいいって言うんだよ。深入りはしないって決めちまったんだな」

留助からお滝の名前が出るようになって一年ほどが経つ。

周囲からそろそろ年ごろだから身を固めたらなどと言われると、「なにをおっしゃる。そんな相手はいませんよ」とか、「所帯なんて百年早い」と答える。

それにはそんな訳があったのか。

「なんとかならないのかしら」小萩が言った。

「うまいこと、考えてぇよな」幹太が続く。

「お前《め》ぇたちに何ができるってんだ。こういうことは縁なんだ。縁があればほっといてもまとまる。縁がなけりゃ、どんな似合いの二人でも別れちまう」

弥兵衛が言い、それで、その話は終わりになった。

翌朝、見世に出て来た留助は飲み過ぎなのか、少し顔がむくんでいる。

ゆうべ何があったのか。

小萩は聞きたい。幹太も留助をちらちら見ている。

夕方、手が空いた時間になって、留助が自分から話し出した。

「いやあ、あれから、急に腹が痛くなってさ、結局、沖屋には行かれなかったんだよ。お袋が昔よく言ってたよ。下駄の鼻緒が切れたり、急に雨が降って来た時は無理しちゃなんねぇ。日を改めて行けばいいって」

本当は由助と鉢合わせするのが怖かったからではないのか？　きっと他の店に行って飲んだのだろう。

「まぁ、伊勢松坂の由助っていったら、このあたりじゃ、ちっとは知られた菓子職人だよ。仕事もできるし、顔もいい。お滝も富くじに当たったようなもんだ。よかったよ、本当によかった」

留助はそう言って何度もうなずいた。

「まだ、決まったわけじゃないんでしょう？」

小萩がおそるおそるたずねた。

「もう決まったようなもんさ。噂が出るくれぇだから、由助もまんざらじゃねぇんだよ。ここであいつを手放すようじゃ、お滝も先はないな。一生、居酒屋勤めで終わっちまう」

どこまで本気か分からないが、留助は明るくしゃべる。その様子を幹太が心配そうに見つめている。

「まぁ、女もここ一番って時に踏ん張れないとさ」

留助が言ったその台詞《せりふ》、そっくりそのまま返したいと思う小萩だった。

寿屋に注文を聞きに行った帰り、釣りから戻る途中の弥兵衛と出会った。

「そういやぁ、あれから留助はどうした？」

「ここしばらく、沖屋には行っていないらしいです。伊勢松坂の由助なら仕事もできるし、顔もいい。よかった、よかったって」

「なんだよ。相手ってぇのは、由助かぁ」

弥兵衛は大きな声を出した。

「それで、留助のやつ、たちまちしっぽを巻いて退散か。しょうがねぇなぁ。あいつ、いくつになる」

「もう三十です」

「もう、そんな年か。人のことはあれこれ言うくせに、てめぇのことは全然わかってねぇんだな」

弥兵衛は渋い顔をした。

「留助の腕は一流だぞ。あいつのつくる菓子はうまそうなんだ。徹次も伊佐もきれいにつくる。端正だ。だけど、だれのがうまそうかって言ったら、留助だぞ。そういうのは持って生まれたもんで、真似しようって言ってもできねぇんだよ」

小萩もそれを感じている。

徹次のつくる菓子は角がすぱりと決まって狂いがない。へらで入れた筋に勢いがある。伊佐は真面目につくってあるが、どこか固く余裕が感じられない。幹太は最近、上手につくろうという欲が出て来たらしく、形がきれいになった。その分、以前ののびのびと素直な感じが少しだけ減った。

そんな中で、留助のつくる菓子は我関せず、のほほんとしている。時々、それが過ぎて徹次に叱られているが。

「留助さんのお菓子は楽しそうです。『おいしいよ。食べてごらん』って、おいでおいでをしているように感じます」

「そうだろ。遊びがあるんだよ。だけどなぁ、気に入らねぇのは、伊勢松坂って名前を聞いた途端、怖じ気《おけ》づくってところだな。じゃあ、なにかい？　うちは、伊勢松坂のずうっと下ってことかい？」箸にも棒にもかからねぇのか？」

「そんなことはないです。人数こそ、向こうの方が多いですけど、味じゃ負けません」

小萩は言葉に力をこめた。

「そうだろ。菓子屋の値打ちは見世の大きさじゃ計れねぇんだ。なにが、伊勢松坂だ。どーんとぶつかれ。その女、自分の力で振り向かせろ」

「留助さんには、旦那さんの言葉を伝えます」

「ああ。よく言って聞かせろ」


牡丹堂に戻ると、幹太がやってきた。袖を引っ張って裏の井戸端に連れて行く。

「おはぎ、俺さぁ、留助さんには頑張ってほしいと思うんだけどさ」

口ごもる。

「どうしたの？」

「伊勢松坂の由助さんってすごい人なんだよ」

年功序列が当たり前の職人の世界だが、由助は先輩たちをごぼう抜きして職人頭になった。抜かれた職人たちも由助なら仕方がないと納得する確かな腕があってのことだ。

「もち米の蒸し方が悪くて芯が残ったんだな。素人《しろうと》では分からないくらいのわずかなところなんだけど、由助さんは気づいた」

これでは売り物にならないと言った。

「まかないで食べたの？」

「ううん。そんなことしたら、腹を空かせた小僧たちがわざと間違えるだろ。捨てたんだ。上等の一級品のもち米を大きな桶に山盛りになるほど、全部」

「もったいない」

思わず小萩はつぶやいた。

「うん。俺だって震えた。あれを見たら、二度と同じ失敗はできないよ」

伊勢松坂ののれんを守るというのは、そういうことだ。

「まわりにも厳しいけど、自分にはもっと厳しい。俺、あの人が息を抜いている所を見たことがない。他の人に聞いたら、いつもそうなんだって。仕事場にいるときは腰をおろさない。みんながどんな風に動いているか、いつも見ている。背中にも目があるみたいだって」

「菓子をつくっているときも？　そのときは、さすがに手元を見てるでしょう？」

「そうだね。大名家に納める御用菓子なんかは、由助さんとほかにもう二人、腕のいい人がいるんだ。そのときは三人だけで奥の小さな部屋にこもる」

以前、牡丹堂に来た時、由助はその技の一端を見せてくれた。羊羹の表面に描いた芸者の顔立ちの美しさ、背景の亀甲《きっこう》模様の繊細さ、それらは牡丹堂のみんなも息をのむほどであった。

「厳しいばかりじゃないんだよ。面倒見のいいところもあるんだってさ」

やる気をみせる若い職人には惜しまず技を伝える。悩みを聞いてやることもあるという。

「由助さんに憧れて、技を磨いている職人も多いんだよ」

「いい人なんだね」

以前、牡丹堂に来た時はあまりいい感じがしなかったが。

「あのときは、松兵衛さんがいたからだろ。仕事場に松兵衛さんが来ると、だめなんだよ。みんな調子が狂っちまう」

「じゃあ、幹太さんはお滝さんの相手は由助さんがいいと思っているの？」

「そうは言ってないよ。俺、留助さんのこと、好きだもの」

「そうよね。私も留助さんには頑張ってほしいと思う。旦那さんも留助さんの腕は一流だ。伊勢松坂の名前を聞いて怖じ気づくようじゃ、いけない。どんとぶつかれって言っていた」

「だいたい、留助さんが弱気すぎるんだ。一度、お滝さんを呼んで、二人でじっくり話をした方がいいんじゃねぇか？」

「一席設けるってこと？」

「それじゃあ、お見合いみたいになっちまうか」

ならば偶然を装えばいいのか。

「たとえば、私がお滝さんといっしょにこっちから来るでしょう。反対側から幹太さんといっしょに留助さんが来る」

「うんうん。あ、めずらしいところで会いましたね。なんてさ」

「そうそう。じゃあ、ちょっとそこでお茶でも飲みましょうか。私たちは用があるのでお先にとか言って帰る」

「おはぎ。それ、いいよ。じゃあ、俺はさ」

幹太が口を開いた時、背中の方で大きな声がした。

「だれが、俺の心配をしてくれって言った」

いつの間にか、留助が二人の後ろに立っている。

「留助さん、いつからいたんですか？」

「もち米を捨てたあたりだ」

「なんだよ。最初からじゃねぇか」

幹太が口をとがらせた。

「水を汲もうと思って出て来たんだ。そしたら二人がいて俺の話をしているんだ。声がかけられなくなった」

「ごめんなさい」

小萩は謝った。

「いいよ。俺のことを心配してくれているのは分かったから。あとはもう、自分でなんとかするから」

留助は水を汲むと、仕事場に戻っていった。

その姿を見送った幹太と小萩は同時に言った。

「とにかく、お滝さんって人に会ってみる？」


沖屋は大川端沿いにある小さな居酒屋だ。細い路地をはさんで居酒屋が並んでいるが、沖屋は安くてうまい魚を食わせると人気がある。

縄のれんから中をのぞくと、仕事を終えた後らしい男たちでいっぱいだった。肩の肉が盛り上がって、太い腕をしているのは大工や左官といった力仕事をする者たちで、一回り体が小さいのは行商人だろうか。夜明け前に仕事をはじめる河岸の男たちは昼前から飲み始めるから、とっくに家に帰っているはずだ。

男たちの間を縫うように、女が二人、料理や酒を運んでいる。

「あの、背の高い若い方がお滝さんだな」

幹太は勝手に決める。

「お滝さんは鼻がちょっと上を向いているって言ってただろ。もう一人は結構いい年だし、美人だけどきつい顔だ」

ちらりと見ただけなのに、もうそこまで見届けたのか。幹太のこのはしっこさは誰に似たのだろう。

その若い方の娘の声が外まで響いて来た。

「はい。お銚子二本。塩辛ときんぴらね。焼き魚なら、さばもあるよ。すごい脂がのってる」

明るい、大きな声である。

「そうね。あの人がお滝さんよ、きっと」

だが、幹太は酒を飲む年ではないし、小萩だって男ばかりの居酒屋にお客として入って行く勇気はない。

裏に回ってみることにした。

少し開いた戸の隙間から、しょうゆと酒の混じった煮物の香りが流れて来る。

「あれ、お二人さん、何か用かい？」

板前風の男が小萩と幹太を見て言った。小萩がもじもじしていると、幹太がたずねた。

「ここにお滝さんって人、いますか？」

「お滝？　いるよ。呼んでこようか」

「お願いします」

今度は小萩が答えた。

しばらく待つと、お滝が出て来た。

浅黒い肌に勝気そうな、よく動く大きな目。少し上を向いた鼻に愛嬌がある。

「あたしになんか用？　もしかして、牡丹堂の人？」

「そうだよ」

幹太が大きな声で答えた。

「ああ、そうなんだ。あんたが幹太さんで、そっちは小萩さんでしょ。留助さんの話によく出て来るよ。ねぇ、留助さん、このごろ来ないけど、どうかした？　風邪？　それとも、いつもの金欠？」

くったくのない笑顔を見せた。笑うとぱっと花が咲いたようになった。

「元気です。金欠……か、どうかは、分かりませんけど」

その明るさに気《け》おされて、小萩の声は少し小さくなった。

「だったら、使いなんかよこさないで自分でおいでって言ってくれる？　留助さんが食べたいって言ったから、板さんにいわしのごま酢漬けつくってもらったんだよ」

「すみません」

小萩が謝った。

「ほかのお客さんに出したから、いいんだけどさ。来るって言ったら、来てくれないとこっちは困るんだよ」

言葉はきついが怒っている様子はない。

「まぁ、元気ならいいよ。安心した。ごま酢漬けはあさってあたり、またつくるそうだから。こんどこそ、おいで。そう言ってくれる？」

中からお滝を呼ぶ声がして、入って行った。

見世の表に行くと、男が入っていくところだった。伊勢松坂の由助である。あらためて見ると、由助はなかなかの男前である。仕事にのっていて勢いがあるから、よけいにいい男に見えるのかもしれない。

「由助さん、いらっしゃいませ。お待ちしてましたよ」

お滝の明るい声が聞こえてきた。

小萩と幹太はそれを潮《しお》に牡丹堂に戻った。

「お待ちしてましたよ、だってさ」

幹太は足元の石を蹴った。

「お滝さんは、由助さんにもなにか好物を用意して待っているのかなぁ」

「どうかしらねぇ」

留助のためにいわしのごま酢漬けをつくらせたと聞いた時は「脈あり」と思ったけれど、それはこちらの勝手な、都合のいい思いかもしれない。お滝にとって留助はたくさんいるお客の一人で、留助も本当はそれを分かっていたけれど、牡丹堂のみんなの前ではのろけてみせた。それは留助のささやかな夢であったのか。

「やっぱり、そっとしておいた方がいいのかなぁ」

そうかもしれない。二人のことは二人に任せる。

いや、このまま二人に任せておいたら、何も始まらない。留助は沖屋に行かなくなり、思い出に変わってしまう。

「ううん、このままじゃ、だめだと思う」

小萩はきっぱりと言った。

「だって、留助さんは心根もやさしいし、職人としての腕もある。いっぱいいいところがあるのに、それに自分が気づいていない。もったいないと思う」

「まぁな」

「留助さんは今が踏ん張りどころなの。お滝さんを自分の方に向けさせなくちゃだめ。そうしないと、この先もずるずると変わらない」

「なんだよ。妙に肩入れするなぁ」

幹太が口をとがらせた。

小萩に力が入っているのは、留助と自分をどこか重ね合わせているからだ。

そう思うこと自体、留助に失礼なことだと分かっている。留助は立派なおとなで、小萩の先輩で、しかもちゃんとした職人だ。さらに、留助は自信がないが中身はある、小萩はそもそも中身がない。天と地ほども違う。

だが、もし留助の恋がうまくいったら、小萩もうまくいく。

そんな気がする。

「じゃあ、どうするんだよ？」

幹太がたずねた。

「そうだねぇ」

答えにつまった。小萩はどうしていいのか分からなかったのだ。

三

昼過ぎ、今年最初の栗が届いて、栗の皮むきになった。裏の井戸端に留助、伊佐、幹太に小萩も加わって座る。栗は丸々と太って、皮はつやつやと光っている。手早く鬼皮と渋皮をむいて水にさらしてから、ゆでる。

「この見世に初めて来たとき、栗蒸し羊羹を食べたって言っただろ。もう一つ、思い出があるんだよ」

留助が鬼皮をむく手を休めずに言った。

「俺は十で近江屋って菓子屋に奉公に出ただろ。そこは名前の通り、主《あるじ》が近江の出だったんだな」

「近江商人かぁ」

伊佐がつぶやいた。近江商人といえば天秤棒《てんびんぼう》一本をかついで諸国をめぐり、財をなすといわれる。近江商人の歩いた後には草木も生えぬとささやかれるほどの商売上手でもある。

「商いは元にありって言うだろ。菓子の材料はいいものを使うけど、無駄はいけねぇ。ひしゃくの水一杯も大事に使うんだ」

「伊勢松坂の小僧みたいなもんか？」

幹太がたずねた。

「いやぁ、もっときびしいと思うよ」

留助はため息をついた。

「毎朝雑巾がけをするんだけど、その水はかならず、前の晩に汲み置いた水なんだ」

火事の用心に毎晩、外の水桶に水を汲む。翌朝、それを掃除や植木の水やりに使う。ある冬の日、水桶は氷が厚く張っていた。手桶に汲むと、氷の欠片《かけら》が浮かんだ。水は手がしびれるほど冷たいし、前の日に干した雑巾も凍っている。それで井戸の水を少し足した。井戸水の方が温かいのだ。それを先輩に見とがめられた。楽をするな、言われた通りにやれと、したたか殴られた。

「で、その頃は毎日怒られて、泣いてばかりいた。だけどさ、一人、俺と同じくらいの年の子が女中奉公していた。目がくりっとしてかわいい女の子でね。姉さんみたいな口を利くしっかり者なんだ」

留助は遠くを見る目になった。

「丁稚羊羹って知ってるか？　近江の丁稚が里帰りの時に持って行くっていう蒸し羊羹だ。近江屋じゃ、残った羊羹でその丁稚羊羹をつくって見世の者のおやつにしたんだ」

先輩たちが先に取るから、留助のような小僧のところに来るころにはずいぶん小さくなっている。なくなってしまうことさえあった。

「ある時、その子がたもとに何か隠して俺のそばに来たんだ。『よばれてや』って出してくれたのが、栗蒸し羊羹だ。よばれてっていうのは、近江の言葉でご馳走を食べることだね。俺がもらってないことに気づいて、自分の分を分けてくれたんだよ。うれしくて泣きそうになった」

「優しい子だなぁ」

伊佐が言った。

「ああ。あんな子はいないよ。きっと今頃は、いいお母さんになっているだろうなぁ」

留助はしみじみとした調子で言った。

「その子の名前がお滝って言うんだ」

「お滝？」

思いがけずお滝の名前が出て、小萩の手が止まる。

「あれぇ、そういう話？」

幹太は目を丸くした。伊佐も口をぽかんと開けている。

「沖屋のお滝に会ったとき、その子のこと、思い出した。大人になったら、こんな感じかなってさ。お滝ちゃんはそれからしばらくして郷に帰っちまったんだよ」

やさしくてよく気がつく。顔も似ているのかもしれない。

「お滝ちゃんがくれたのが栗蒸し羊羹で、初めて牡丹堂に来たとき食べたのも栗蒸し羊羹だ。それ以来、栗蒸し羊羹を食べると、いいことが起こる。験《げん》がいいんだ」

「じゃあ、今年も栗蒸し羊羹をつくりましょうよ」

小萩が言った。

「そうだよ。そうしようぜ。特別なやつ」

幹太も続く。留助は急にあわてた様子になった。

「いや、いいんだ。そういう意味じゃない。ほんとにそんなこと、だめだ。困る」

むき栗の入った桶を持って立ち上がると、仕事場に入っていってしまった。

留助は葛飾《かつしか》の百姓の生まれで、三人の姉がいる。姉たちとは年が離れていて、一番上の姉とは十歳違いだ。母親が早くに亡くなったので、一番上の姉が母親代わりとなって留助たちの面倒を見てきた。その姉が入り婿を取ることになったので、留助は奉公に出されたのである。今は、二番目、三番目の姉たちもそれぞれ近くの農家や商家に嫁いでいる。

留助は空になった桶を持って戻ってくると、小萩の隣に座った。

「俺の気持ちが弱いのは、姉ちゃんたちのせいかもしれねぇな。子供の頃からぐずだとか、まぬけだとか言われてさ。だけど十も年が違うんだ。できなくて当たり前だろ。なのにさぁ、一番上の姉ちゃんときたら、しょっちゅう怒る。真っ赤で鬼みたいに見えた」

「誰が、鬼みたいだって」

木立の間から、ぬっと顔を出したのは、白髪混じりの髪をきつくお団子に結った女だ。

「おきん姉ちゃん。なんで、ここに……」

留助の細い目がいっぱいに見開かれた。

「お客でもないのに、見世の表から入るわけにはいかないだろ。裏手に回ったらあんたの声が聞こえて来たんだよ」

ぴしりと言った。その声が大きくてよく通る。留助によく似た細い目が怒っているらしく、きゅっとあがって、かなり怖い。

「いや、そういうことじゃなくてさ。つまり……」

留助はしどろもどろになる。

「おとっつぁんの七回忌をするって何度も文を出したのに、返事がないから来たんだよ。あんなにかわいがられたのに、あんたは葬式に来たっきりだ。来られないなら、来られないでお寺さんのお布施ぐらい送ってきてもいいのに、それもない」

「分かったよ。分かったよ。こっちもちょっと忙しくってさ」

「忙しいんじゃない。気持ちがないんだ」

今にも襟首をつかんで、平手で頭を打ち始めそうだ。

「あれ、声がするけど、どうしたんだね」

将棋をさしにいっていた弥兵衛がのんびりとした様子で戻って来た。留助は助かったという顔になる。

「旦那さん。留助の姉のおきんです。留助がいつもお世話になっております。今さっき、葛飾から来ました。留助はちゃんと働いていますか？　こちらにご迷惑をかけておりませんでしょうか」

打って変わってしおらしい様子で、ていねいに頭を下げた。

おきんを奥の座敷に通したが、弥兵衛はなぜかいつまでも裏庭にいて、ぐずぐずしている。

「お福はいないし、困ったねぇ。徹次はどこに行ったんだ？」

「お客さんのところに行っています」

「そうかぁ」

ちらりと小萩の顔を見る。

「留助さんも姿が見えません。今、見世にいるのは伊佐さんと幹太さん、私です」

応対するのは弥兵衛しかいないと言外に含めると、弥兵衛は大げさにため息をついた。

「ああいう女の人は苦手なんだよ。おっかないだろ」

しぶしぶ座敷に向かった。

小萩がお茶とお菓子を持って行くと、廊下までおきんの声が響いていた。

「本当にこちらで働かせていただいて、ありがたいです。ここがだめなら、もう、行くところはないとまわりからも言われましてね」

「いや、そんなことはないでしょう」

「そうなんですよ。あの子はね、気が弱くて、言い返せない。すぐに泣くし、のそのそしているでしょう。小さい頃から近所の子供たちにいじめられていたんですよ。あたしはね、ひとつ殴られたら、二つ殴れ。負けたら家に帰ってくるなって叱ったんですけどねぇ」

「そりゃあ、また……」

「そんな風だから近江屋さんでも先輩にいじめられたらしくてね。でも、悪いのは下っ端の方ってことになるから。結局、自分から辞めてしまった」

「まぁ、見世と職人も相性がありますから。ねぇ、おかあさん」

「私は姉です」

「ああ、そうでした。申し訳なかった。おか、いや、お姉《ねえ》さん」

襖を開けると、おきんを前に弥兵衛は汗をかいていた。

「いやいや。留助はいいところがあるんですよ。あれはいい職人さんですよ。菓子屋はね、一菓入魂って言うんですよ。売りもんだからいっぺんに百も二百もつくりますけど、一人のお客さんがいただくのは一個か二個。ひとつひとつが大事なんです。留助はそのことを分かっている。お客さんに喜んでもらいたいと思って菓子をつくっている。人を喜ばせるのが好きでしょう。思いやりがある。菓子屋にはね、そういう人間が向いている。速く、たくさんつくれるのがいい職人だと勘違いしている人が多いけど、そういうもんじゃない。あ、この饅頭も留助がつくったものですよ」

おきんはやっと少し安心したような顔になった。

「本当に旦那さんにはお世話になっています。ありがたいことです。これで、留助が身を固めてくれればねぇ。亡くなった父や母も草葉の陰で心配していますよ」

「まぁ、そういうことは本人がその気にならないとねぇ」

「本人がその気になっても、あの子じゃや、嫁の来手《きて》がありませんよねぇ」

心配しているのか、くさしているのかよく分からない。

「家でつくった小豆なんですけど。考えてみたら、菓子屋さんに小豆の手土産っていうのは、気が利かないにもほどがありましたよねぇ」

さらし木綿の袋の中にはつやつやと光る小豆粒が入っていた。

「家で食べる分ぐらいなんですけどね、小豆とかごまとか、いろいろ育ててるんですよ」

「いやあ、立派な小豆ですよ。ありがたい。ありがたい。今晩のおかずにしますよ」

弥兵衛が顔をほころばす。

「そうですかぁ。そう言っていただけると、ねぇ」

「お姉さん、小豆っていうのはね、豆の中で一番おいしいんですよ。だから、菓子にする。甘く炊いてもいいけど、少しの塩味で煮ると、豆のうまみが引き立つ。やってごらんなさい」

おきんは何度も弥兵衛に礼を言い、帰っていった。

その日、小萩はかぼちゃと小豆のいとこ煮をつくった。かぼちゃと小豆はいとこのようなものだからという意味らしい。小萩が知っているのは、甘辛く煮たかぼちゃに粒あんを加えたもので、おかずにしては甘いが、菓子というには総菜っぽいという料理である。

今回はかつおだしを利かせた塩味にしてみた。

お膳を見た途端、幹太が言った。

「なんだよ。おはぎ、あんこはもういいよ」

「あんこじゃないです。塩味です。だしを利かせてあります、甘くないです」

「うちの姉ちゃんが小豆を持って来たからだろ。気が利かなくて、すまないねぇ」

留助は肩をすくめる。

ほっくりと炊き上げたかぼちゃと小豆は、ほんのり塩味でだしがしみている。小豆の風味がじんわりと広がる。弥兵衛の言った通り、小豆は塩味で仕上げてもおいしかった。

「そうか。こんな食べ方があるのか」

徹次もうなずいている。

その夜、小萩が台所を片付けて二階にあがろうとすると、留助と伊佐が仕事場に残って菓子をつくっていた。

「あれ、留助さん、めずらしい」

小萩が言った。

「なんか、栗蒸し羊羹をつくりたくなってさ」留助が言った。

「手伝うことありますか？」

「じゃあ、それを計ってくれないかな」伊佐が言う。

天秤ばかりにうどん粉を計った。

鍋にあるのは粒あんである。留助が言った。

「さっき、いとこ煮を食べたときにひらめいたんだよ。家で炊いたような小豆あんに栗が入っていたら、うまいんじゃないかなって。菓子屋の職人がつくるこしあんもいいけど、家で炊いた粒あんは味が濃いっていうかさ……」

「温かい味なんですね」

「そうそう。だけどさ栗の風味って繊細なもんだろ。だから粒あんだと負けちゃうんじゃないか、それが心配だよ」

留助は粒あんに水とうどん粉を入れてぐるぐるとかき混ぜている。

「声がすると思ったら、伊佐兄《にい》。あれぇ、留助さんもいる？」

幹太が加わり、留助に言われて栗を粗く刻む。

「一粒栗じゃないんですね」

「ああ。そういう上等な奴じゃなくてさ」

留助が思う栗蒸し羊羹は茫漠としているようで、きちんとした形がある。

「砂糖はザラメとか白砂糖じゃなくて、きび砂糖に黒糖を少し加えたいんだ」

竹の皮に包んで蒸籠《せいろ》に入れた。蒸しあがるまで、少し時間がかかる。

小萩は湯呑に白湯《さゆ》をいれて留助と伊佐、幹太に渡した。秋が深まって、夜は冷えるようになった。

「お腹が温かくなると、ほっとするな」伊佐が言った。

蒸籠から白い湯気があがって、仕事場はほんのり暖かくなった。

「長屋に戻ると寒いんだよ。だから、どこかへ寄り道したくなっちまうんだな」

留助がつぶやいた。心に浮かんだのはお滝の姿だろうか。

できあがった栗蒸し羊羹は竹皮の香りがする。もっちりとして小豆の風味が強く、甘さは少し控えめで栗がたくさん入っている。温かみのある味だった。やさしくて素朴。茫洋としているようで繊細。留助そのもののような味がした。

「旦那さんが言っていましたよ。留助さんの菓子には遊びがある。それは、持って生まれたもんだって。そういう羊羹ですね」

小萩は言った。

「そうだな。留助さんにしかつくれない味だな」伊佐がうなずく。

「うまいよ。いいよ」

そう言いながら、幹太が大きなあくびをした。

小萩は栗蒸し羊羹を持ってお滝に会いに行った。

「お届け物です。新栗が入ったので栗蒸し羊羹です」

「あら、あたしに？　ありがとう。栗は大好きなんだ。あとで見世のみんなと食べるね」

お滝の大きな目が笑うと細くなり、心からうれしそうな顔になった。

「竹の皮の香りがする。ずっしり重いね」

「栗がいっぱい入ってますから」

小萩が帰ろうとすると、お滝が呼び止めた。

「待って。お返しをあげる」

懐から包みを取り出した。包みを開くと、指の先ほどの小さな蛙《かえる》の土人形が入っていた。

どういう意味だろう。

小萩は首を傾げた。

「縁日で見つけたの。旅に出た人が無事帰る、失くしたものが返ってくるってお守りなんだってさ」

お滝はくるりと背を向けると、見世に入って行った。

急いで見世に戻ると、仕事場にいた幹太を裏の井戸端に呼んだ。

「ねぇ。お滝さんがこんなものをくれたんだけど。人や物がかえってくるお守りなんだって」

蛙の土人形を手にのせて見せた。

「留助さんに見世にまた来てほしいという謎かけじゃないかしら」

「それはお客としてという意味か？」

幹太がたずねた。

「そうねぇ」

もう少し深い意味があってほしいところだ。

「こんにちは」

声の方を振り向くと、お文がいた。弥兵衛に言《こと》づけがあって来たところだという。

小萩はお滝からもらった蛙を見せた。

「お滝さんって、留助さんが気に入っている人でしょう」

どうやら小萩は千草屋に行った折、留助とお滝の話をしていたらしい。

「あら、この蛙、顔が留助さんに似ているわ。そう思わない？」

お文が言った。

改めて見れば、のんびりと愛嬌のある顔は留助を思わせた。

お滝も留助のことが気になっているのではあるまいか。

「だとしたらさ。やっぱり、なんかこっちでお膳立てしてやりたいよな」

幹太が言った。

「たとえば？」

お文がたずねる。

「以前、幹太さんが考えたのは？　幹太さんが留助さんを誘って、私がお滝さんに声をかけて、道で偶然を装って会う……」

「あら、面白そう」

「そこで何、話をしているんだ？」

仕事場から伊佐が顔をのぞかせた。

「伊佐兄、ちょいと相談にのってくれねぇか」

幹太が説明した。

「だけど、うまくいくかなぁ。失敗したら留助さんに悪いことになるよ」

伊佐は二の足を踏む。賛成したのはお文だった。

「何もしなかったら何も起こらないわ。大丈夫、小萩ちゃんの気持ちは留助さんに伝わっているもの。もし、思うような結果にならなくても、留助さんは気持ちが切り替わるんじゃないかしら」

夜、仕事が終わった頃を見計らって小萩と幹太は沖屋に行き、お滝が出て来るのを待った。

「あれ、牡丹堂のおねぇさん？　あたしに何か、用？」

「ちょっと一緒に来て欲しいんですけど」

「何？　どんなこと？」

「ここじゃ、ちょっと」

小萩が口ごもる。

「留助さんのことなんだけど」

幹太がさも重大そうに小声でささやく。

「あの男、また、何かしでかしたの？　分かった、今、行くから」

見世に入って前掛けをとるとすぐに出て来た。

「さっき、またって言っていましたけど、以前にも何かあったんですか？」

小萩がたずねた。

「たいしたことじゃないよ。ちょっとね、ほかのお客と喧嘩しそうになった」

むしろ留助はそういう場から逃げる方ではないのか。

「うん。その時はさぁ、しつこいお客がいて、あたしにからんだんだ。それで、留さんがあたしを助けようとしてね」

「いい所見せようとしたんだ」

幹太が言った。

「弱いくせにさ」

お滝がつぶやく。

そういえば、留助が顔に痣《あざ》をつくっていたことがあった。転んだと言っていたが、あれは喧嘩のせいだったのか。

「無理しちゃって」

お滝の顔がやさしい。

やっぱり、お滝は留助を憎からず思っているのではあるまいか。

牡丹堂の近くまで来ると、幹太が猫の鳴き声をした。それが伊佐への合図。

幹太と小萩の足が急にゆっくりになる。お滝も不審そうではあるが、足を止めた。

木立の間からのぞくと、井戸端に伊佐と留助が出て来るのが見えた。小萩とお滝、幹太は屈《かが》んで木影に身を隠した。

「小萩のやつ、どこに行っちまったんだ。洗い物がまだ残っているじゃねぇか」

留助がぶつぶつと文句を言った。

「それで、お滝さんのことはどうなったんですか?」伊佐がたずねた。

「どうもねぇよ。向こうは見世の人で、俺はお客。それだけだ」

「そんなこと、前は言ってなかったじゃないですか。ほころびを直してもらったとか、うれしそうだったですよ」

「うん。まぁなぁ。そういう時もあったけどさ」

留助は煙管《キセル》に火をつけた。

「お滝はさ、かわいい娘なんだよ。俺もさ、ちょっと夢を見た。分不相応っていうのかな。だけど、それもおしまい。あの娘は俺なんかじゃなくてさ、もっとふさわしい男のところに嫁にいけばいいんだよ。それが幸せってもんだ」

隣でお滝の鼻息が聞こえた。どうやら怒っているらしい。

「相手は由助だよ。伊勢松坂の職人頭だよ。きりっとしたいい顔してるよ。仕事もできるんだろ。俺とは全然違うよ」

「留助さんだって菓子の腕はあるし、味のあるいい顔してますよ」

「何、褒めてんだよ、お前。そんなこと言ったって、何にも出ねぇぞ」

「この前の栗蒸し羊羹だって、留助さんが考えたんでしょう」

伊佐はお滝に聞こえるように言っている。

「何を分かり切ったこと言ってんだ。そうだよ。栗蒸し羊羹はさ、餞別《せんべつ》のつもり。あいつ、栗が好きだって言ってたからさ」

留助は煙管の灰を捨て、くるりと背を向けた。

その途端、お滝が駆け出して行って、留助の肩をつかんだ。

「ほんとに、あんたは何にも分かってないんだ。とんちんかんのおたんこなすだよ」

留助は口をあんぐりと開けた。

「えっ、なんで？　どうして、ここにいるんだ？」

「急に見世に来なくなったから、だいたい、そんなことだろうと思っていたんだよ。あたしがなんで、由助になびくんだよ。あんなやつ、お客だからいい顔しているんじゃないか。どうして、そこんところが分からないんだよ」

「いや、だから」

「あんたが嫌だって言っても、あたしは押し掛けるからね」

お滝は留助の腕を力いっぱいつねった。平手で留助の頭をぱしぱしとたたいたので、留助は悲鳴をあげた。

「おい。やめろ。痛いよ」

たたかれながら留助はうれしそうだ。どこかで見た光景と思ったら、葛飾のおきん姉ちゃんにたたかれていた時である。

留助は姉ちゃんのように気が強くて、元気のいい女の人が好きなのだ。留助の細くなった目は笑っていた。いや、泣いているのかもしれない。

小萩たちもうれしくなって笑った。


留助の考えた栗蒸し羊羹は牡丹堂で売り出すことになった。

「あれ、新しい栗蒸し羊羹かい？」

馴染み客が目ざとく見つけてたずねる。

「はい。粒あんなんですよ。めずらしいでしょう。もっちりして小豆の味がします。栗もたくさん入っていますよ。ご家族みんなで食べていただけるよう値段も少し抑えました」

「じゃあ、一棹、もらっていくか」

小萩の言葉には力がある。本当に思っていることだからだ。

お客に伝わる言葉とは、どういうものか。小萩は少し分かり始めている。

それから半月後、牡丹堂の近くの料理屋で留助とお滝のための小さな宴《うたげ》が開かれた。留助の三人の姉夫婦。お滝の両親と兄弟、沖屋の店主とおかみさん。牡丹堂のみんなとお文。お福も大森から戻って駆け付けた。

「ご心配をおかけしましたが、二人、これから所帯を持つことになりました。よろしくお願いいたします」

正装した留助と白無垢のお滝が笑顔でいる。

栗蒸し羊羹で舌つづみを打って、宴はますます盛り上がった。

伊佐と少し離れてお文が座っていた。いつものように藍色の着物に身を包んだお文はやっぱりきれいだった。お滝の明るい、にぎやかなかわいらしさとは違う、静かな美しさだった。

小萩が見とれていると、隣の幹太が肘でつついた。

「おはぎ、紅塗ったのか」

「お祝いだもの」

「見違えるぜ。伊佐兄もびっくりしてたぞ」

「生意気言って」

へへと笑って、幹太はそっぽを向く。

風にのってどこからか金木犀《きんもくせい》の香りが流れてきた。

初冬

若妻が夢見る五色生菓子《ごしきなまがし》

一

お福は千代吉の看病をお照に任せ、留助の祝言の後は大森に戻らず、日本橋にいる。

「見世をほっぽってこっち来てると思うと、あたしゃ心配で寝てられないよ。どうせ、なるようにしかならないから、さっさとお帰りって言われてさ」

千代吉のことになると、お福の顔から笑顔が消える。寝たきりの千代吉の足をさすると、冷たくて固くて、まるで血が通っていないようだという。

情の厚いお福のことだ、千代吉の傍にずっといてやりたいと思っているだろう。

だが、小萩はじめ牡丹堂のみんなはお福を頼りにしているし、お客もお福を待っている。

お福が戻ったと聞いて馴染み客が次々とやって来る。

「お福さんがいないときは通夜みたいだった」

「見世がぱっと明るくなった」

お客たちは口々にそんなことを言う。

牡丹堂のみんなが「おかみさんの大奥」と呼んでいる奥の三畳ほどの部屋で話を聞いてもらっている女のお客たちは、とくにそうだ。ほっとした顔になり、「胸にたまっているものがいっぱいあるの」などと言う。

「お福さん、いらっしゃるわよね」

そう言って訪ねて来たのは、川上屋のおかみの冨江《とみえ》である。川上屋は日本橋の大きな呉服屋である。

「ああ、冨江さん。留守ばっかりですまなかったねぇ。奥におあがりよ」

お福が言うと、冨江の顔がほころぶ。いそいそと「おかみさんの大奥」に向かった。

小萩はお茶とお菓子を持って行った。すすきの焼き印を押した薯蕷《じょうよ》饅頭と栗の入ったどら焼きである。

「薯蕷饅頭は蒸しあがったばかりで、まだほの温かいです。どら焼きの栗はやわらかいです。今年はいい栗が入ったので、いつもより大粒です」

「まぁ、うれしい。両方いただいてもいいかしら」

「もちろんだよ」

冨江はさっそく手をのばす。山芋のすりおろしを皮に加えた薯蕷饅頭の皮は真っ白で、つやつやと光っている。ほんのりと山芋の香りがあたりに広がった。

「伊勢から取り寄せた山芋なんだよ。こぶがいっぱいついていてね、ごつごつして見た目は不格好なんだけど、中は雪みたいに白い。きめが細かくてさ、おろしがねでおろして、箸で持つだろ。その形のまんま持ち上がるんだ。それぐらい粘りが強い。そういう山芋でなくちゃ、薯蕷饅頭はおいしくないぃ」

お福が言うと、冨江はうっとりと目を細めた。

小萩が新しいお茶を持って行った時、二人の話は本題に入るところだった。

「白田屋《しろたや》さんは知っているでしょう？　両替商の」

冨江が言った。白田屋は日本橋でも指折りの大きな両替商である。豪商相手にお金を預かったり貸し付けたり、送金したりと手広く商いをしている。

「若夫婦の弓太郎《ゆみたろう》さんと美枝《みえ》さんに男の子が生まれてね、しかも男の子だから、おじいちゃん、おばあちゃんになった義一郎《ぎいちろう》さんもお磯《いそ》さんも大喜び」

子供が生まれればお宮参り、初節句、七五三と行事が続く。その都度、それぞれが新しい着物をつくる。冨江にとっては大切なお客だ。

「でね、弓太郎さんからお祝いにお菓子をお配りしたいんだけど、どこがいいかと聞かれたの。おつきあいのある所もない訳じゃないけど、いろいろこちらの要望を聞いてもらえるところがいいっておっしゃるから、牡丹堂はどうですか、あちらなら間違いないですよって薦めておいたわ」

「おや、ありがたいねぇ」

「牡丹堂さんは私の一番のご贔屓《ひいき》ですもの。ご紹介させていただくのもうれしいのよ」

冨江は笑顔を浮かべた。


白田屋から一度ご足労いただきたいと声がかかった。

徹次と伊佐が出かける支度をしていると、お福が言った。

「これも勉強だからね、小萩も連れていっておくれ」

そうしておいて小萩だけをそっと呼び、耳打ちする。

「まぁ、そういうことはないと思うけどね、向こうが無理難題を言い出して徹次さんが怒り出しそうになったら袖を引っ張るんだよ」

先々まで考えて動くのがお福である。

白田屋は土蔵造りの豪壮な見世で、通りのはるか先から丸に白と抜いた大きなのれんが見えた。

「両替なんて用事がねぇから入ったこともないけど、さすがに大きな見世だなぁ」

伊佐が感心する。

川上屋も大店だが、呉服屋と両替商では格が違う。小萩もすでに気おされた気持ちだ。

裏に回って手代に言《こと》づけると若夫婦が暮らす離れに案内された。

庭に面した明るい座敷で待っていると、弓太郎と美枝が現れた。

二人の若さに小萩は目をしばたたかせた。

弓太郎は十九歳。すらりと背が高く、顔立ちも整っている。鼻筋が通り、やさしい目元をしていた。美枝は小萩と同じ十七歳で、幼さを残したふっくらとした頰に、まつ毛の長い、切れ長の目が美しい。

二人並ぶとまるでお内裏様とお雛様のようだ。

「本日は、わざわざご足労いただいてありがとうございます」

弓太郎はていねいな挨拶をした。

「白田屋は室町が創業で、岐阜で酒屋を営んでおりました。江戸開府とともにこちらにまいりまして、私が十二代目です。このたび男子に恵まれました。この子がみなさまのお力をいただいて無事育ち、白田屋が幾久しく続いていくようにとの願いをこめたお菓子をお願いしたいと思います」

「何かご希望がございますでしょうか」

徹次がたずねると、弓太郎が傍らの美枝をうながした。

「じつは思っているお菓子がございます。私は加賀の生まれですので、加賀の祝い菓子の五色生菓子《ごしきなまがし》をお配りしたいと思います。加賀の父が白田屋の舅《ちち》と古い知り合いで、私もご縁をいただきました。その感謝の気持ちもこめております」

五色生菓子は日月山海里《にちげつさんかいり》を表す五種類の菓子のことである。そもそもは慶長五年、二代将軍徳川秀忠《ひでただ》の娘、珠姫《たまひめ》が前田家三代当主、利常《としつね》に嫁する時、加賀の菓子匠がつくったものという。

加賀の菓子……。

一瞬、徹次が言葉に詰まった。

「二十一屋さんが江戸の菓子屋であることは存じております。ですから、加賀のものとまったく同じものとは考えておりません。ですが、できればみなさんに加賀の香りを感じていただけるようなものをと考えております」

美枝が言い、弓太郎が言葉を継ぐ。

「加賀の婚礼には五色生菓子が欠かせません。五色生菓子を引き菓子に使うことは美枝の幼い頃からの願いだったそうです。ですが、江戸に嫁に来るなら万事江戸風でと母が申しまして、それはかないませんでした。ですから、息子の祝いは良い機会ではないかと私が提案したのです」

弓太郎が傍らの美枝に目をやると、美枝が恥ずかしそうに微笑む。

——天にあっては比翼《ひよく》の鳥となり、地にあっては連理《れんり》の枝とならん。

小萩は覚えたばかりの漢詩の長恨歌《ちょうごんか》を思い出した。いつまでも仲睦まじい二人のことを詠った一節だ。

「そうですか。そういうことでしたら、こちらからお願いしたいお話です。お声をかけていただきましてありがとうございます」

徹次が答える。

「数は二百。少々金額がかかっても、良いものをつくってください」

弓太郎が言った。

白田屋を出ると、伊佐が「これはやりがいがあるなぁ」と言った。

つくったことのない菓子を面倒だと思う菓子屋がないわけではない。だが、二十一屋は新しいことに挑戦するのを楽しむ。自分たちの糧《かて》としたいと思う見世だ。

牡丹堂に戻ると、伊佐が以前、神田の千草屋の主人の作兵衛からもらった菓子帖を取り出してきた。千草屋は火事にあって現在のような小さな見世になってしまったが、以前は職人が何人もいる名の知れた見世だった。その頃の錦絵や菓子帖を店主の作兵衛は、過去は振り返らないとばかりに焼いてしまった。だが、大切な菓子帖のいくつかを作兵衛は伊佐に託したのである。

「たしか、この中にあったような気がする」

婚礼引き菓子という項目を開くと、「加賀五色生菓子」の図があった。桐箱の中に丸やひし形の餅や羊羹が並んでいる。墨で輪郭を描き、顔料で色をつけた姿は端正で美しい。

「きれいねぇ」

小萩は思わず声をあげた。

「さすが加賀百万石だ。立派な菓子だ」

留助もうなずく。

「この菓子、俺、知ってるぞ。鷹一《たかいち》さんに見せてもらったことがある」

幹太は得意そうに鼻を動かした。鷹一は以前牡丹堂にいた職人である。

「しかし、加賀の菓子というからもっと華やかな、手の込んだものかと思った」

徹次は首を傾げた。

「中はどうなっているんだ？　小豆あんでいいのか」

伊佐も考えている。

「後で、千草屋さんをたずねてみるよ。もう少し詳しい話が聞けるかもしれねぇからな。それで試しにつくってみよう」

徹次が言った。

小萩がお使いの帰りに千草屋の前を通ると、お文に声をかけられた。

「加賀のお菓子をつくるんですって？　今さっきまで、親方がいらしていたのよ」

奥の部屋から、作兵衛が顔をのぞかせた。「まぁ、お茶でも一杯飲んでいきなさい」と手招きをした。

作兵衛は相変わらず足が悪いらしく、投げ出すように座っている。だが顔色もよく元気そうだ。

「加賀は昔からのしきたりがいろいろある所なんだ。五色生菓子もどこの家でも使えるってもんじゃないと聞いたよ。さすがに白田屋さんだよ。お嫁さんも立派な家の出なんだろうね」

しきりに感心する。

「そういう菓子をつくる機会はそうめったにあるもんじゃない。なにごとも勉強だ。よく見ておくといい。ああ、そうだ。さっき、徹次さんにも言ったんだけどね、加賀は水引が立派なんだよ。水引で松竹梅、鶴亀をつくって目録の飾りなんかにするんだ。五色生菓子をつくるんだったら、そのあたりも考えると喜ばれるよ」

そんな話をしていると、お文が菓子鉢に入れてお菓子を持って来た。

「紅梅焼《こうばいやき》って言うの。食べてみて」

うどん粉の生地を梅型で抜いて、鉄板で焼いた甘いせんべいで上に白ごまをふっている。

「浅草の方で流行《はや》っているんですって。五助《ごすけ》さんが来て、いろいろ新しいお菓子を教えてくれるのよ」

五助は口入れ屋の紹介で雇った職人で、やせた生まじめそうな顔つきの若い男だ。

「いろいろな見世を渡って来たから、目新しい菓子を知っているんだ。ひとつ見世に腰を落ち着けられないってから、なんか訳があるんじゃないかと心配したけど、まじめで仕事熱心だ。助かっているよ」

作兵衛が言った。

「今川焼きって知っている？ 鋳物の型に生地を流して、そこにあんこを入れて、ぱっとはさんで焼くんですって。それからね、京都の方じゃ、小箱の中に豆とか、飴とか、小さなおせんべいとか入れて売る見世があるそうよ。色とりどりでかわいらしくて、きれいなの」

お文は楽しそうに語る。

そのとき、「失礼しやす」と声がかかって職人の安治《やすじ》と五助が顔をのぞかせた。

「団子にひびが入ってしまったんですよ。あんこをのせれば見えなくなるところではあるんですけどね」

安治が言った。傍らで体を小さくしてうつむいていた五助が顔をあげて言った。

「申し訳ないです。あっしが水加減を間違ったようです。安治さんはこれくらいならいいって言ってくれたけど、せっかく買いに来たお客さんががっかりするんじゃねぇかと思うと申し訳なくてね。やっぱり旦那さんにご相談しようということになりやした」

「そうだね。そんなものを千草屋は平気で売るのかって言われるのはくやしいね。分かったよ、それは夜にでもみんなで食べてしまおう。今度から気をつけるんだよ」

作兵衛が穏やかな声で言った。

二人が出て行くと、作兵衛は小萩に向き直った。

「五助はいろいろな見世を渡り歩いているから菓子の数は知っている。だけど、一人で一からやらせると失敗することがあるんだよ。修業が中途半端なんだな」

もったいないと、つぶやいた。

「だけど、あいつのいいところはね、菓子っていうものに対して正直なんだ。こっちは商売だから一度に百個も二百個もつくるけど、一人のお客さんが手にするのは一個か二個だ。だから、その一個が大事だ。この程度だったら許されるだろうなんて、思っちゃいけねぇ。

そこんところは、五助はきっちりしている。五助って男を信じているのはそこんところだよ」

牡丹堂でも、そのことは何度も言われた。見世に立つときも、菓子を大切に扱い、お客さんの手にきちんと渡るよう心を配れと教えられた。

「そうだろう。弥兵衛さんだって、徹次さんだって同じことを言うだろう。長く続く商いをするってことは、そういうことなんだから」

作兵衛は我が意を得たりというように繰り返した。

牡丹堂に戻ると、仕事場で徹次を中心に五色生菓子をつくっていた。

「五つの菓子で森羅万象を描き、五穀豊穣を願っている菓子だ」

徹次が言った。

「日」はこしあんの入った丸形の餅で、上部を赤く染めて日の出の意味。「月」は白く丸い麦饅頭で満月。「海」はこしあん入りのひし形の餅で波を描いたもの。「山」は黄色く染めた米粒をまぶした丸い餅で、栗のいが、または稲穂を表す。「里」は円形の蒸し羊羹で山、または田畑の象徴だ。神仏に捧げる菓子と同じく、さまざまな祈りをこめたものなのだろう。

「簡単につくってしまうと、おやつ菓子みたいに見えてしまう。意味を考えながら、いい材料でていねいにつくってこそ値打ちが出る。難しい菓子だよ」

そう言って、徹次は一番上等な米粉を取り出した。

「加賀ってどんなところなんですか？」

小萩がたずねた。

「百万石の城下町だからな。華やかで贅沢な土地柄らしい」

伊佐が言った。

加賀友禅に九谷焼《くたにやき》、茶の湯が盛んで海の幸、山の幸に恵まれている。

「北国だから冬はきびしいって聞いたぞ。雪はそんなに多くないいけど、暗くて寒いんだってさ」

留助が言う。

「どうやって行くんだよ。船か？」

幹太がたずねた。

「陸路だな。山もあるし大きな川も越えなくちゃならない。京に行くより大変だろうな」

徹次が答えた。

美枝はそんな遠くからはるばる江戸にやって来たのだ。親同士が決めた縁と言っていたから、江戸に来ることは前々から決まっていたのかもしれない。それでも、相当な覚悟がいっただろう。心細くはなかったのだろうか。

幼さの残る可憐な美枝の姿を小萩は思い浮かべていた。

「精一杯、いいものにしたいな」

伊佐が続ける。

やがてできあがった五色生菓子は華やかで上品な菓子になった。上等の桐の箱に詰め、紅白の掛け紙と紅白の水引をかけると、さらに風格があがった。

「これなら白田屋さんも気に入ってくれますよね」

小萩が言うと、徹次もうなずく。早く見本を見せたくなった。


翌日、白田屋に出かける準備をしていると、白田屋から使いが来た。

ただし、使いの主はおかみのお磯である。

五色生菓子の見本を携えて、徹次、伊佐、小萩の三人で白田屋に出向いた。

今回は若夫婦の離れではなく、当主が使う広い座敷だった。広さも倍ほどあり、欄間《らんま》も掛け軸も立派なものだった。

お磯は弓太郎によく似た、整った顔立ちをしていた。あまり整っているので、きつい顔立ちに見える。灰黒色の上等だが地味な着物で、その胸元をきゅっと詰め、襟も抜かずに着付けている。

「弓太郎から話を聞きました。加賀の菓子ではなく、菊の菓子をお願いしたいと思っております」

言葉をはさむ余地のない言い方だった。

徹次が五色生菓子の見本を持って来たと言った途端、目がきつくなった。

「せっかくでございますが、見るには及びません。そのままお持ち帰りくださいませ」

徹次はむっとした顔になった。

「江戸の嫁となったのに加賀の菓子などとんでもない。また、そんな嫁をたしなめるのでなく、言うままになってしまう弓太郎も弓太郎です。たしかに私は弓太郎に手配をするように言いました。ですが、好きにしていいなど一言も申しておりません。当主も呆れておりました」

当主とは弓太郎の父、白田屋の主の義一郎のことである。

「菊の菓子なら季節にも合いますし、健康長寿の願いがこめられている。孫がみなさまに幾久しくかわいがっていただくためのお祝いにふさわしいものだと思いませんか」

思いませんかと問われて、否とは言えない。お磯の言葉には反論を許さない力がある。

「かしこまりました」

三人は頭を下げた。

菊の最中で中は粒あんと紅あんの二色。粒あんは焦がし皮で紅あんの方は白色。お磯はてきぱきと伝えた。

これはもう決まったこと。あなたたちは言われた通りにすればよい。

言外にそんな圧力を感じる。

話は終わったとお磯が席を立ち、小萩たちは白田屋を辞した。

しばらく三人とも何も言わなかった。

浮世小路に入ったとき、やっと伊佐が口を開いた。

「いい菓子が出来たのに残念だなぁ。せめて菓子を見てくれたらよかったのに」

「結果が変わらねぇなら、見るまでもねぇよ。いっそはっきりして気持ちがいいや。お客がそう言うんだから、こっちはそれに従うまでさ」

徹次はそう言ったが、むろん本心は別のところにある。

数が二百から三百に増えた。姿のいい菊の焼き皮を使い、上等のあんを入れればどこに出しても恥ずかしくないものができるだろう。それが救いだった。

ところがその翌日、また白田屋から使いが来た。

「申し訳ありませんが、もう一度、ご足労願えませんでしょうか。大おかみがお目にかかりたいと申しております」

まだ幼さの残る口調で小僧は口上をのべた。

「へぇ。なんだよ。また変わるのかぁ」

留助が大きな声を出した。

小僧は困った顔でうつむいている。

「いったい、なんだってんだよ」

伊佐も声を荒らげる。

「お前たち、なんだよ。小僧さんが困っているじゃないか」

お福が顔をのぞかせて、二人をたしなめた。

白田屋についた徹次、伊佐、小萩の三人は今度も長い廊下を案内された。白田屋は見世の構えも大きいが、その内側はさらに広いらしい。若夫婦とは別の方角にある離れについた。

襖が開いて中を見ると、正面に、床を背にして小さな布の塊があった。よく見ると、それは人だった。年は七十、いや八十に近いかもしれない。黒っぽい着物に黒っぽい帯をしめた年を取った女が厚い座布団の上に座っていた。

見れば、しわの多い小さな顔の奥で、目だけが強い光を放っている。小萩ははっとして、体が固まった。

この女《ひと》が白田屋先代おかみ。先代亡き後も、白田屋で力を持つと噂される、つたゑである。

「何度もお呼びして悪かったねぇ。けれど、白田屋の誕生祝いは昔から鶴の子餅と決まっている。だから、今度も鶴の子餅でお願いしたい」

つたゑははっきりと大きな声で言った。

「つるのこもち」と伊佐が口の中で繰り返したのが聞こえた。

徹次は無言だ。

鶴の子餅は上新粉に薄甘い味をつけて蒸し、卵形にまとめた紅白の餅菓子だ。

出産などの祝いに使われることの多い菓子ではあるが、値段も安いし、菓子屋にしたらあまり腕のふるいようがない。

「若い者は贅沢になっていけない。配りものなら、それくらいでちょうどいい。菊の最中、ましてや五色生菓子。五色生菓子は殿様が食べるものだって言うじゃないか。何様のつもりだい。のぼせるのもいい加減にしてもらいたい。菓子屋を喜ばせるだけではないか」

徹次がむっとしたのが分かった。

小萩は徹次の袖をそっと引いた。

徹次が大きく息を吐く。

「分かりやした。では、鶴の子餅、三百」

「百でいいよ。きりがない。掛け紙だのなんだのも並でいいから。細かいことはまた見本を持って来ておくれ」

つたゑの大きな声が響く。

「はい」

三人はもう一度頭を下げた。

白田屋の見世を出たとき、徹次の顔は真っ赤になっていた。

「鶴の子餅なら最初からそうと言えばいい。五色生菓子だ、菊の最中だと、人騒がせな」

「まったくですよ」伊佐も思わず本音が出る。

「お前と留助にまかせる。手が足りなかったら幹太と小萩を使え。後は任せるから」

徹次はそう言うと、歩き出した。その足がどんどん速くなり、伊佐と小萩はおいていかれた。

そのまま徹次はどこかに消えてしまったらしい。牡丹堂に戻ると、徹次の姿はなく、仕事場で弥兵衛が留助と幹太を相手におしゃべりをしていた。

「白田屋、どうなった？」

幹太がたずねた。

伊佐は仏頂面で横をむいた。

「鶴の子餅だよ。数は百だ」

「はぁ、なんだって、そんな風なことになるんだよ」

留助が不満そうな声をあげた。

「まぁ、お客ってぇのはわがままなもんだよ。なかなか菓子屋の思うようには動いちゃくれねぇ」

弥兵衛がなぐさめるように言った。

「立派な婚礼菓子だからって張り切ってたのにさ。加賀の菓子なんて、そうそうつくれるもんじゃねぇだろ」

幹太は諦めきれないらしい。小萩もがっかりだ。

「そうだなぁ。めったにねぇことだったのにな。よし、じゃあ、代わりにわしが富士山の羊羹を教えてやる。切り口に富士山が現れる。五色生菓子が加賀の婚礼菓子なら、富士山の羊羹は江戸の祝い菓子だ。覚えておいて損はないぞ」

弥兵衛が言った。

伊佐が棚の奥から富士山の形の枠を取り出し、それを舟と呼ばれる木製の型におく。

「最初に富士山の枠の中に羊羹を流す。固まったら枠をはずして背景になる羊羹を流す」

「なんだ、簡単じゃねぇか」

幹太が言った。

「そうだ。簡単だ。一つ覚えておけば、応用がきく。赤富士ならば紅羊羹。初日の出ってやつだな。正月にはこれがいい。富士山の方をうんと暗くして背景を黄色や赤にしてもきれいだ。雲が流れているようにする方法もあるぞ」

弥兵衛の話を聞いていると本当に簡単そうで、すぐにもつくりたくなってしまう。

「よし、じゃあ、ひとつつくってみるか」

弥兵衛に言われて、小萩も幹太も歓声をあげた。

「季節はいつにする？」

弥兵衛がたずねると、幹太がすかさず「秋だ」と答える。

「なら紅葉だな。全体を紅葉にするか？　それとも、上の方に雪をかぶせるか？」

秋と一口に言っても初秋なのか、晩秋なのか、それによって変わってくる。

「七十二候って言ってな。日本には七十二も季節がある。日々刻々変わっていくんだ。それをちょっとだけ先取りする。見世に季節があるってのが菓子屋の醍醐味なんだぞ」

小萩が季節の上生菓子を紹介すると、「ああ、もうこんな季節なのね」とお客に言われることがある。秋になれば栗やきのこが出回り、菊の花が咲き、やがて紅葉がはじまる。

「花も木も、空の雲だってきれいなもんなんだ。忙しがってそういうもんを見逃しちまったら、人生を損していることになるだろ。菓子屋ってのはさ、今日という日のささやかな楽しみを伝える所でもあるんだよ」

「季節を先取りするってことは、暦《こよみ》を見て考えるのか？」

幹太がたずねた。

「暦だけじゃ分からねぇだろ。毎朝、起きたら空の色、遠くの山、草とか木とか花の様子を見るんだ。できれば帳面なんかにつけておくといいな。そうすると、季節ってもんが頭に入って来る」

小萩は弥兵衛が空を見上げているのを何度か見たことがある。裏庭の花を指さして、名前を聞かれたこともある。

「草木の名前を覚えるのも大事だ。いつごろ、どんな花が咲くのか、葉っぱは丸いか、細長いか。どんな風に茎についているか、よく見る。そんな風に、身の回りのものをちゃんと見る癖をつけなくちゃいけねぇよ。それが菓子を考えるときに生きてくるんだ」

鍋に刻んだ白羊羹と少しの水を入れて温めた。小萩は焦がさないよう、へらでかき回しながら溶かす。

「やっぱり正月の菓子にするよ。初日の出のきれいな紅色がいいな。それでいいか？　おはぎ」

幹太に言われて小萩はうなずく。

幹太が色粉を溶き、出来上がりを予想しながら少しずつ鍋に入れる。一度濃い色にしたら後戻りはできないから、少し流しては小皿にとって色を見る。

気づくと、皿がいくつも並んでしまった。

「これぐらいでいいのかなぁ。ちぇ、何度も試すとだんだんわからなくなる」

幹太が首を傾げる。

「お前が考えている紅はどんな色だ」

「品のいい紅色で、濃すぎないけどはっきりとしている」

隣でうんうんと小萩もうなずく。ならば今の色でいいのかと問われると自信がない。

それを脇でながめている伊佐と留助はにやにやしている。

「そのために見本帖があるんだ。見本帖の色と見比べながら色を決めればいいんだよ」

伊佐が言った。

「だけど、同じ色にするのがまた難しいんだな、これが」

留助も続ける。

練習だから今は羊羹一棹分だからいいが、大鍋ひとつ分となったら責任重大だ。

「まぁ、そんなところでいいだろう」

弥兵衛に言われて富士山の枠に流した。固まったので枠からはずそうとしたら、てっぺんの方がかけた。

「色のことばっかり気にして、羊羹の固さのことを忘れただろう。水が多すぎたんだよ」

弥兵衛に言われて、小萩はうなだれた。

とりあえずつなぎ合わせて舟におき、水色に染めた背景の方の羊羹を流す。

ちらりと見ると、伊佐も富士山の羊羹に取り組んでいた。伊佐は裾の方から赤、茶色、白と変わっていく。裾野は紅葉が残っているが、頂上は白い綿帽子という風情を描くつもりらしい。少し離れて留助がみんなの様子を眺めていた。

小萩と幹太の羊羹が固まった。

なかなかきれいな色である。初めてにしては上出来だ。

舟から取り出して切る。その途端、ふにゃりと富士山が崩れ落ちた。水色の背景に穴が空いた。

小萩はがっかりして、大きな声を出した。

「なぜこうなったか分かるか？」

弥兵衛がたずねた。

「羊羹の固さが違いました。中はやわらかくて、外の方は固い」

小萩が答えた。

「そうだ。こういう羊羹は食べても一体感がないからおいしくねぇ。思い出してごらん？　へらでかき回してた時、筋の出方をちゃんと見てたか？　すくってたらしてみたか？　すうっと流れるか、ぼたん、ぼたんと落ちるか。どうだった？」

「忘れました」

色のことに気をとられて、いつもの手順をとばしてしまった。

「いつも言われているだろ。ひとつひとつの手順をおろそかにするなって」

まだまだだ。小萩はうなだれた。

「あっ、分かった」

突然、幹太が大きな声をあげた。

「じいちゃん、おいら、今、気がついたよ」

「なんだ、何に気がついた」

「伊勢松坂の栗蒸し羊羹の栗がなんではずれないか。特別な仕掛けがあるわけじゃねぇんだな。羊羹と栗の固さを同じにしているんだ」

「ほう、そこに気がついたか？」

弥兵衛が顔をほころばせる。

「どこだってやってることだ。だけど、あの見世はよそよりもちょいと深い所までいっているんだ。由助って職人はたいしたもんだよ」

小萩は由助の勘の鋭そうな顔を思い出した。

「俺は負けないよ。その技、自分のものにしてみせる」

「頼もしいねぇ。さすが若旦那だ」

留助が冗談とも本気とも分からない調子で言った。

二

「おとっつぁんがいてくれたら、二人で奥でお茶でも飲めたのに。今日は、寄り合いだって出かけて行ったの。ごめんなさいね。足が悪いって言いながら、このごろあちこち出かけるのよ」

お文が口をとがらせる。外に出るのは元気な証拠。さらに言えば、仕事場がうまく回っているからだ。

「いいの、いいの。お客さんのところに届け物があって、帰りに寄っただけだから」

小萩は言った。

お福がいない間の心配などあれこれお文に聞いてもらって以来、なにかと千草屋に寄ってしまう。お文も小萩がたずねて来るのを楽しみにしているらしい。

「五助さんがつくったのよ」

お文は焼き菓子を取り出した。中は粒あんで生地にしょうがを練り込んであるという。甘さがほどよく、しょうがのいい香りがした。

「おとっつぁんたら、すっかり五助さんのことが気に入って、この頃は『もうよその見世に行こうなんて考えるんじゃねぇぞ。うちでしっかり働け』なんて、言っているの」

「いい人にめぐりあってよかったですねぇ」

小萩が言うと、お文もしみじみとした様子でうなずいた。

「このまま、うちに腰を落ち着けてくれるといいんだけどね」

帰りがけ、仕事場の方に回ると、物置の前で職人の安治と見習いの一太《いちた》が何か小声で言い合っていた。

「そんなはずはねぇだろう」

「だけど、ないものはないんです。たしかにおいら、この前、数を数えてここにしまいました」

一太の顔は真っ赤だ。

「どうしたんですか？」

小萩がたずねると、安治はきまり悪そうにあたりを見やった。

「いやね、栗の甘露煮が見当たらないんですよ。壺が二十ほどあるはずなのに、十しかねえって言うからさ」

「ほかのものは？」

「いや。栗だけだ」

小萩はあたりを見回した。そこは見世の裏側の人気《ひとけ》のない場所で、簡単な南京錠をかけてあるだけだ。だから、その気になれば盗むことは簡単だ。

だが泥棒なら、重たくてかさばる栗の甘露煮ではなく、もっと別の物を持ち去るだろう。

安治は小萩の顔をちらりと見た。

「いや、今のことは聞かなかったことにしてくださいよ。こっちも身内を疑うのは気分が悪いからねぇ」

「ほかにもあるんですか？」

小萩はたずねた。

いやいやと安治は手を振ったが、一太が代わりに答えた。

「あるよ。小豆の袋、きなこもあった。五助さんが来てからだ」

安治は苦い顔で黙っている。

「旦那さんは知っているんですか？」

「こっちの勘違いかもしれねぇからさ」

安治の言葉は歯切れが悪い。とにかく、もう少し様子をみたいから、作兵衛やお文には黙っていて欲しいと言われた。

牡丹堂に戻ると、伊佐と幹太が鶴の子餅をつくっていた。

「さすが二十一屋だっていう鶴の子餅をつくりたいからさ。粉の塩梅《あんばい》を工夫しているんだ」

伊佐が言った。

「まったくお前は菓子屋の鑑《かがみ》のような男だなぁ」

少し離れたところで草紙を眺めていた留助が言った。

「だって、このまんまじゃ、こっちの気持ちが収まらねぇよ。あの若夫婦にさ、鶴の子餅にしてよかったって思ってもらいたいじゃねぇか」

伊佐は手を休めずに答える。

「そこが伊佐なんだよなぁ。鶴の子餅なんか、どう工夫しても鶴の子餅だろ」

留助は身も蓋もない言い方をした。

「俺に言わせりゃあさ、若旦那がだらしねぇと思うよ。加賀なんて遠いところから嫁に来ているんだ。旦那が頼りだろう。子供の頃からの憧れで、これだけはって思ってた菓子なんだろ。おっかさんや、ばあさんに頼み込んだっていいじゃねぇか。江戸風じゃなくちゃ、なんねぇ。金がかかる？　だったら、最初から江戸の嫁さんをもらえばいいんだ。金だって、うなるほど持ってるんだろ。何、ケチなこと言ってんだ」

留助らしくない激しい言い方だった。小萩は留助の顔をまじまじと眺めた。

「なんだよ、みんな。『あの留助が立派なことを言ってる』みたいな顔をして俺を見るな」

「だって、そうだもん」

幹太が言った。

「私もそう思った。人って変わるものなんですね」

「まあさ、そういうこともあるさ」

留助はしみじみとした言い方になった。

「お滝はさ、上州の生まれで、こっちには親兄弟、親戚もいねぇんだ。沖屋で働くまでにもいろいろ辛いことがあったんだよ。そういうの聞いちまうと、俺が守ってやんなきゃなって思うだろ。ガキなんか生まれたら、もちろんだよ。白田屋の嫁さんって、まだ若いんだろ。小萩とおない年だって言うじゃねぇか。そりゃあ淋しい、心細いやね」

せめて見本の五色生菓子を見せたかった。

「五色生菓子はお餅を使ったものが多いから、鶴の子餅と組み合わせることはできないかしら」

小萩が言った。

「できないこともないな」

伊佐が手を止めてつぶやく。

「おはぎ、絵にしてみろよ。得意の菓子帖だよ」

幹太に言われて、小萩は菓子帖を取り出した。

白の鶴の子餅に赤い印をおいて「日」のつもり。「月」は麦饅頭だが、白い鶴の子餅で。「山」は黄色く染めた米粒をまぶす。「海」は卵形をひし形のように形づくる。「里」は黒い蒸し羊羹だが、紅色の卵形で代用する。

描きあがった図は何とも中途半端なものだった。

「何をしたいのか分からない菓子になっちまったな」留助が言った。

「ふざけてるのかって、怒られるよ」幹太はがっかりした声を出した。

「これならふつうの鶴の子餅の方がよっぽどましだ」

伊佐はきっぱりと言い、また仕事に取りかかる。

五色生菓子は諦めるしかないのだろうか。


「そうねぇ、難しいわねぇ」

小萩から五色生菓子の話を聞いて、お文は言った。

「注文をいただかないことにはねぇ。勝手につくるわけにいかないでしょう」

神田橋のたもとで会ったお文は、手に重そうな風呂敷包みを下げていた。中にあるのは鋳物の型で、今川焼きをつくってみるつもりだという。

「今日、上野まで買いに行った帰りなのよ。これから寒くなるでしょ。温かいものはうれしいじゃない。神田の方じゃ、まだつくっている見世がないみたいだから、どうかなと思って」

少しはみんなにいいものを食べさせたいし、暮れには餅代もはずみたいとお文は言った。

そんなに、五助さんを信じていいんですか？

小萩はのどまで出かかった言葉を飲み込んだ。

「今、お見世にいるのは、旦那さん？」

「そうよ。でも、おとっつぁんは、頼りにならないのよ。お馴染みさんが来ると話しこんじゃうから」

「じゃあ、一太さんが見世番ですか？」

「そうね。安治さんのこともあるし」

見世の裏手の物置のあたりが目に浮かんだ。胸のうちにもやもやとした嫌な気分が広がった。

「お文さん、お見世に戻った方がいいんじゃないですか？」

「どうして？」

「いえ、なんとなく」

「そうね。帰った方がいいわね」

「一緒に行きます」

「いいの？」

お文は不思議そうな顔をしたが、小萩はついて行った。

歩いているうちに日が暮れた。

一太が見世番をしていた。

「おとっつぁんは？」

お文がたずねた。

「お客さんと一緒に出かけました」

一太が答える。

「じゃあ、仕事場には安治さんと五助さんですか？」

小萩が聞いた。一太がうなずく。

その時、仕事場の方で怒鳴り声があがった。

「おい、五助。そこで一体、何してやがんだ」

安治の声だ。お文が振り向く。一太が立ち上がる。小萩は声の方に向かって駆け出した。

薄暗がりの中で男たちがもみ合っているのが見えた。安治と五助だ。だが、若い五助に安治はかなわない。五助は安治の手を振り払い、こちらに向かってくる。

その顔が泣いているようだった。

つかみかかろうとした一太が突き飛ばされ、行く手を遮ろうとした小萩は肘打ちをくらった。腹を抱えてうずくまりながら、叫んだ。

「泥棒、泥棒」

一太も大声を出し、人が集まって来た。

小萩が台所に行くと、お文が床に座り込んでいた。味噌壺が転がり、中の味噌があたりにぶちまけられている。

声をかけると、お文は顔をあげた。

「お金、盗まれちゃった。どうして、ここにあるって分かったんだろう」

肩が震えている。それでも必死に泣くのをこらえていた。

盗まれた金は二十両だった。作兵衛とお文がコツコツ貯めた金である。やって来た十手《じって》持ちの親分は顔をしかめた。

「見世に入り込んで信用させ、金のありかを探って盗む。よくある手口だ。十両盗めば死罪だ。逃げる方も必死さ。刃物を振り回すことだってある。だれも大きな怪我をしなくてよかったと思いな」

「お金は戻るんでしょうか？」

お文がたずねた。

「どうだろうな。たいてい裏で糸を引いている奴がいるんだ。金はそいつの懐に入る。つかまえても、金は持ってねぇ」

後ろの方で大きな音がした。

安治が五助の使っていた道具を地面に投げ捨てていた。

五日が過ぎた。五助の行方《ゆくえ》はまだ分からない。

伊佐が身軽な様子で前を歩いて行く。届け物がすんだ後、寄るところがあるから先に帰っていろと小萩は言われた。昨日も、同じように言われた。

小萩はいったんは別れたが、すぐ戻って伊佐の後をついていった。口入れ屋の前で千草屋の安治が待っていた。それで小萩は気がついた。

五助のことを調べているのだ。

「なんだ、小萩。ついて来ちまったのか」

伊佐が不機嫌そうな顔になった。

「安治さんと会うって、どうして教えてくれなかったんですか？」

小萩は口をとがらせた。

「申し訳ないね。こっちから頼んだんだよ。十手持ちの親分が調べてくれているのは分かっているけど、元はと言えば、あっしに責任があるんだ。棚から栗だのなんだのが消えたとき、旦那に言ってりゃよかったんだよ」

安治はくやしそうに唇を嚙んだ。

三人で口入れ屋の中に入ると、古株らしい手代が出て来た。

「また、あんたたちですか。昨日も言ったけど、うちだって困っているんだよ。まんまとだまされちまった訳だからさぁ。こっちは信用が第一。盗人《ぬすっと》を紹介するなんて噂が立ったら、商売あがったりだ」

「五助さんがどう言ってこの見世に来たのか、教えてくれればいいんですよ。べつに、そちらのせいにしようってわけじゃねぇんですから」

伊佐が食い下がった。

別の手代が来て、何か耳打ちした。

「奥にお願いします。旦那から話をするそうです」

安治と伊佐と小萩は見世の奥に入った。

壁を背に丸っこい体つきの男が座っていた。それが口入れ屋の主人だった。机の上には厚い帳面がのっている。

「あんたたちは千草屋の関係の人か？　何度も来てもらって悪かったねぇ。金もたくさん盗られたんだってな。悔しいねぇ。だけどさ、裏切られたってぇのは、こっちも同じだよ。人を見るのが仕事だからさぁ。お前の目は節穴かって言われたら一言もねぇ。申し訳なかったと思っているんだよ」

主人は頭を下げた。

五助は江戸の生まれで、二年ほど京にいて、こっちに戻って来た。何度か見世を変わってはいたが、ちゃんと人別帖にも名前が載っていたし、取り立てて怪しげなところはなかった。

「まじめそうだし、受け答えもきちんとしている。千草屋さんの前は、浅草の瀬戸屋《せとや》って菓子屋だ。紅梅焼きを焼いていたそうだ。ことが起こってからだけど、俺も人をやって聞いてきた。口数は少ないけどまじめに働いていたそうだ」

主人は淡々とした調子で言った。

「その見世はどうして辞めたんですか？」

安治がたずねた。

「さぁ、どうだろうね。そういう奴もいるんだよ。ひとっところに居られないやつがさ。まぁ、俺が知っているのはこんなところだ。これでいいか？」

主人は厚い帳面をぱたんと閉じた。

もっと何か知っていそうな気がした。だが、主人はしゃべるつもりはなさそうだ。

口入れ屋を出ると、安治が言った。

「伊佐さんは仕事があるんでしょう。もう、大丈夫だ。あっしはこれから浅草の瀬戸屋に行って話を聞いて来るから」

そういう安治の顔はひどく疲れているようだった。

「安治さん、浅草は遠いですよ。大丈夫ですか？」

小萩が聞いた。

「寝てないんじゃないですか？　ちゃんと食べられてますか？」

伊佐もたずねた。

「いや。申し訳ないねぇ。ほとんど寝てない。眠れないんだ」

安治は道の端に石を見つけると、腰をおろした。

「あの男とこんな風に別れることになるとはな」

肩を落とし、つぶやいた。

「渡り職人ってのもいるんだよ。半年、一年って短い期間働きながら、旅をしているような職人さ。そういう奴と一緒に働いたこともある。だけど、五助はそれとは違うと思った。

根っから旅が好きな訳でも、ひとつところにいられねぇ質《たち》でもない。むしろ、今度こそ、ここで腰を落ち着けたいって思っていた気がする」

小萩は、団子にひびが入ったと言いに来たときの五助の様子を思い出した。「せっかく来たお客さんをがっかりさせちゃいけない」と言ったときの五助の目は真剣で、心からお客のことを思っているのが伝わってきた。

「そうなんだよ。あいつは、仕事にまっつぐだった。簡単な仕事でも手を抜かない。なめたところがなかった。職人の仕事ってぇのは、同じことの繰り返しだ。丸い団子を百も二百も串に刺す。あっしだって、ちょっと油断すると中心をそれることがある。だけど、あいつはそういうことが一度もなかった」

人が見ていてもいなくても、きちんと仕事をした。

「あいつは鍋も釜もきちんときれいに磨いてた。豆や粉を入れた壺も、ひとつひとつ、きれいにふいてあった。金盗んで逃げていくやつが、そんなことするか？　あいつはずっと千草屋にいて、腰を落ち着けて働きたかったんだよ」

安治はこぶしで自分の太ももを何度もたたいた。

「五助は殺されてたり、しねぇよな」

誰ともなくたずねた安治の声は震えている。伊佐は遠くを見ている。十手持ちの親分は誰か後ろで糸を引いている人間がいると言った。五助がつかまれば、自分に及ぶ。捨て駒にされてはいないだろうか。

「安治さん、後はこっちで引き受ける。だから、もう帰って休んでくれ。そうしないと、あんたが先にまいっちまう。旦那さんの足は治らねぇ。安治さんまで倒れたら、一太ひとりだ」

「そうだな。あんたの言うとおりだ。後はお任せするとしようか」

安治が立ち上がった。伊佐は小萩の方を見た。お前も帰れと顔に書いてある。

「私は伊佐さんといっしょに浅草に行きますから」

小萩はすかさず言った。

伊佐は顔をしかめたが、「だったら好きにしろ」。そう言って足早に歩き出した。


日本橋から浅草まで歩くうちに高かった日はかげり、夕暮れが近くなった。

瀬戸屋は夫婦二人で回している小さな見世だった。

伊佐が五助のことをたずねたいと言うと、おかみさんが困った顔をした。

「五助のことなら、十手持ちがここにも来て、知っていることはみんな話しましたよ」

主人が腰を痛めたので、臨時で三月《みつき》ほど来てもらったという。

「変わったことなんか、何にもなかったよ。紅梅焼きは初めてだって言ったけど、すぐ要領を覚えてくれたし。ほんとは半年ほどいてもらいたかったけど、辞めたいって向こうが言い出した」

「そうですか」

伊佐は短く答えた。

「お金に困っている様子はなかったですか？」

小萩がたずねた。

「それも聞かれたけどねぇ。金がないのはお互い様だからねぇ。住むところがないって言うから、この先の長屋に部屋を借りてやった。金があるようには見えなかったけど、手に職があるんだから食うには困らないだろ」

だが五助は金が必要だった。

それは自分のためではなく、誰かのためだったのか。

「日本橋から来たのかい？　ご苦労だったね。帰り道にでも食べたらいいよ」

おかみさんが紅梅焼きを紙に包んで渡してくれた。それは白ごまがのっているところまで、千草屋のものとそっくりそのまま同じ姿をしていた。

「住んでいた長屋というのは、どこにありますか？」

伊佐がたずねた。

「行ってみるかい？　この先の道をまっすぐ行って辻を右に曲がった先にある。権兵衛《ごんべえ》長屋って言えばわかるから」

伊佐はおかみさんに礼を言って歩き出した。足元を冷たい風が吹き抜けていった。

権兵衛長屋はどこにでもあるような裏長屋だった。真ん中に細い路地があって、その両脇に部屋が連なっている。手前に井戸があって、どんつきは便所だ。五助の部屋は一番奥の便所のすぐ脇だ。店子《たなこ》が入らなくて空いていたのかもしれない。

子供を抱いた女が顔を出したので五助のことをたずねたが、首を横にふった。五助は朝早く出かけ、夜遅く帰って来る。近所の人とは挨拶を交わすぐらいで、ほとんどつきあいがなかった。影の薄い、目立たない存在だったのだ。五助がいた部屋も見せてもらったが、何も残っていなかった。

「仕方ないな。帰ろう」

伊佐がきびすを返した。

長屋を出ると、後ろから声をかけられた。

「五助のことを調べてるのかい？」

道具箱をかついだ大工らしい若い男が立っていた。

「なにかご存知ですか?」

小萩がたずねた。

「隣の部屋だからね、いやでも話は筒抜けだ。あいつ、見世の金を盗んで逃げたんだってな。十手持ちが言ってたよ。あんたたちも金を盗られた口か？　気の毒だけど、金は戻らねぇよ。ぐれた弟の手に渡ってる」

ぐれた弟。

小萩は口の中で繰り返した。

「身内ってぇのは悲しいな。親は死んで、弟と二人きりだ。だから、そいつが金を無心に来ると断れねぇんだ。金を返せなければ半殺しだとか、なんとか泣きつかれる。今までも見世の仲間に小金を借りたり、あちこち不義理して、それで居づらくなった。ひとつっところに居らんないのは、そのためさ」

五助は弟のために金を盗んだというのか。

「瀬戸屋じゃ、逆さに振っても金は出ねぇ。もう少し金のありそうな見世に移れなんて言われていたよ」

「だけど、それでお金を盗んだら自分が罪人になってしまうじゃないですか。捕まったら死罪になるかもしれないのに」

小萩の声がかすれた。

「だから、五助は大馬鹿もんだって言うんだよ。そんな弟なんざ、さっさと縁を切ればいいんだ」

伊佐の顔が白くなった。奥歯を嚙みしめているのがわかる。くいと顎をあげた。

「嘘かもしれないと思っても、だまされていると気づいても、助けてやりたいと思うもんなんだ。理屈じゃねぇんだ。それが血がつながっているってことなんだよ」

伊佐が低い声で言った。声が震えている。

「なんだ、兄さんもそんな身内がいるのかい。情の濃そうな顔してるもんな。悪いことは言わねぇ。たいがいにしとけよ」

伊佐は小さく頭を下げると、きびすを返した。そのまま何も言わずに足早に歩いている。

小萩は小走りになって後ろについた。

伊佐は幼い頃に母親に捨てられた。家に置き去りにされたのだ。十年経って突然現れた母親は借金を抱えていた。伊佐は母親の借金を肩代わりするために二十一屋を辞めようとしたことがあった。

ずいぶん歩いて、お互いの顔も見えないほど暗くなったころ、伊佐が言った。

「俺は結局、お袋を捨てちまった。どの口で怒るんだってところさ。そんなこと、分かっている。だけどさ、関係ないやつにあんな風に言われたら腹が立つんだ」

「伊佐さんはお母さんを捨てたんじゃないでしょう。お母さんが自分から去って行ったんじゃないの」

「同じことだよ。俺はあんとき、心の中で思っていたんだ。なんで、お袋はこんなときにまた現れちまったんだ。消えたままでいてくれなかったんだって」

伊佐の声が少しかすれていた。

見世を移ったところで母親の借金が帳消しになるわけではなく、伊佐はその先もずっと母親に縛られることになっただろう。そのことを頭では分かっていても、伊佐はやっぱり自分を責めているのだ。

「どうにもならないことって、世の中にあるんだな。だけど、それに負けちゃいけねぇよな」

それきり、伊佐は黙ってしまった。

ようやく日本橋が近づいて来た。

夕飯の時間はとっくに過ぎた。小萩が帰らないから、食事の支度はお福がしたのだろうか。そんなことも気になっていた。

「伊佐さん」

小萩は小さな声で呼んだ。

「心配するな。大丈夫だ。すっかり遅くなっちまったな。早く帰らねぇとな」

いつもの穏やかな声に戻っていた。

裏口からそっと入ると、お福が怖い顔で出て来た。

「二人とも、仕事をほっぽり出してどこに行っていたんだよ。夕飯はすんでしまったからね。残り物で我慢しな」

その後ろで幹太が目をくりくりさせている。

「伊佐兄、おはぎとどこに行ってたんだよ」

「浅草だよ。五助が前にいたっていう見世を見て来た」

伊佐がぼそりと言った。

小萩が汁を温めていると、弥兵衛や徹次も来て、伊佐は事情を説明した。

「やっぱりなぁ。そんなことじゃねぇかと思っていたんだよ」

弥兵衛が言った。

「どっちにしろ、気の毒な話だねぇ。作兵衛さんもすっかり元気をなくしちまったらしいよ」

お福が切なそうな顔になった。

「気持ちは分かるが、伊佐も小萩も、もうこの話には首を突っ込むな。自分の仕事をしろ」

徹次に言われ、伊佐と小萩はうなだれた。

三

白田屋に菓子の見本を持って行く日になった。

伊佐が工夫した鶴の子餅は白玉粉をたっぷりと使って、やわらかく、なめらかで口どけのいいものになった。片方は上等の羽二重《はぶたえ》のように真っ白で、もう片方は桃の花のような愛らしい紅色だ。

徹次が桐箱に詰めていると、お福が三段重を持って来た。

お福が含み笑いをする。

「喜び事だから、重ね重ねでいいじゃないか。上には鶴の子餅、二段目には菊の最中、三段目には五色生菓子を入れる。こちらが勝手に見本をつくりました。お味見だけしてくださいと言えばいいだろ」

「なるほどねぇ、さすが、おかみさんだ」

留助が膝を打つ。

徹次もにやりと笑って、五色生菓子の用意を始めた。

一の重は紅白の鶴の子餅で、二の重が焦がし皮と白の菊の最中、三の重は五色生菓子である。紅白の掛け紙と紅白の水引をかけた。

「どうする？　徹次さんが行くかい？　それとも、あたしが出向こうか？」

お福が言うと、徹次は「ここのところは、おかみさんにお願いしたい」と頭を下げた。

お福の後ろに小萩がついて白田屋に向かった。

つたゑの座敷に通された。

「こちらがご注文の鶴の子餅でございます。お味見もしていただければ、ありがたいです」

お福が桐箱を開けて、中を見せる。

女中が一つを取り、懐紙にのせてつたゑの元に持って行った。

「ほう、ずいぶんとやわらかいねぇ。色もきれいだ。私の知っている鶴の子餅とはだいぶ違うようだよ」

「さすが白田屋さんと言われるようなものをと、職人が苦心をいたしました」

つたゑの目がきらりと光る。

「もちろん、お値段の方は同じでございますから」

「ああ、そうかい。そうかい」

つたゑの顔がほころぶ。

枯れ枝のような指先でちぎって口に入れると、控えていた女中がすぐにお茶を持って来た。つたゑはそれに構わず、ゆっくりと噛んでいる。ごくりとのみこんだ。

「ああ、久しぶりにおいしいと思ったよ」

「その言葉をうかがって、こちらも安心いたしました。職人に伝えます」

「では、鶴の子餅はこれでよしと、それでそっちの箱は何だい？」

つたゑがたずねた。

「じつは、もうひとつ、見本をお持ちいたしました」

小萩が風呂敷包みを解くと、中から三段重が現れた。

「おかみ様、若旦那様のご希望も加えて、三段重にしてみました」

つたゑはぷいと横を向いた。

「余計なことかと思いましたが、お味見だけでもと思い、見本をおつくり致しました」

お福は見本と強調する。

「三の重に入っているのが、加賀のなんとやらかい？」

「はい」

小萩は五色生菓子の入った重箱をつたゑの前に差し出す。つたゑはちらりと目をやった。

「ふーん。思ったよりも品がいいねぇ。あたしゃまた、あっちの焼き物みたいに赤だの青だの紫だのが押し合いへし合いしているものかと思ったよ」

つたゑは加賀の焼き物が好きではないらしい。

「私どもは江戸の菓子屋でございますから、お餅も羊羹も江戸風になっております」

お福は「江戸風」というところに力をこめた。

女中が懐紙に五色生菓子をのせて持って行く。

渋々といった様子でつたゑは黄色い米粒のついた餅を口に入れた。

「黄金《こがね》色は山の恵みを表したものだそうです」

「加賀っていうのは山深いんだよ。お江戸みたいに、ぱぁっと広い土地がないんだってさ。だから栗とか柿とか、色々とれるんだけどどね」

つたゑは何事によらず江戸が一番でないと気に入らない人らしい。一口食べて言った。

「悪くはないね。味は江戸風だ」

「それはもう。私どもは江戸の菓子屋でございますから、あんこの味は江戸風です。食べていただければ、分かります」

「そうだねぇ。京都がどうの、加賀がどうのと言っても、私はやっぱり江戸の菓子が好きだ」

そう言うと、つたゑはしばらく江戸菓子のうんちくを語った。

「せっかくの見本だ。おかみと弓太郎のところに持って行っておやり。だけど、頼むのは鶴の子餅だよ。こんな贅沢なものを配るわけにはいかないからね」

「ありがとうございます」

お福と小萩は深々と頭を下げる。

白田屋を出ると、小萩はお福に言った。

「せっかく三段重を持って行ったのに、結局、鶴の子餅でしたね」

「そりゃあそうさ。あたしだって、ひっくり返るとは思っていないよ」

「じゃあ、どうして？」

「若夫婦のところに届けたかったのさ。それでいいじゃないか」

お福は晴れ晴れとした顔をしている。

ふと見ると、大川端沿いの木の下に安治の姿があった。風呂敷包みを持ち、川面《かわも》をながめている。小萩が声をかけようとしたとき、安治の姿が消えた。

「今、千草屋の安治さんがいましたよね」

「いたね」

お福も気づいていた。

あの先は草の生い茂った川原が続いているだけだ。

「おかみさん、あの……」

「いいよ。気になるんだろ。見ておいで。だけど、すぐに戻って来るんだよ。あたしは一足先に見世に戻るからね」

小萩は安治の去った方向に向かった。

土手に立つと、川原の草は半ば枯れて、その間を縫うような細い道が見えた。小萩は以前、この辺りに来たことがあった。道の先に古い小さな小屋があって、幹太が友達とそこで花火をつくっていたのだ。

小萩は耳をすました。

風が背の高い草を鳴らしている。鳥の声に混じって、かすかに人の気配が感じられる。

静かに小道を進む。

板で囲った小屋が見えた。人がいるらしい。

小萩は息を殺し、小屋の裏手に回った。

「お前、どうするんだ。ここにいたって、どうにもなんねぇだろう」

中から安治の声が聞こえた。

ぼそぼそと答える声がする。

「逃げるたってどこに逃げる」

また、誰かの声。小萩は板壁に耳をあてた。

「握り飯なら毎日持って来てやる。だけど、もうじき霜が降りる。冬だぞ」

安治は辛抱強く語り掛けていた。

中にいるのは五助だ。安治は五助をかくまっている。

二人で何を話しているのだろう。安治は五助を逃がしてやるつもりなのか。逃げることなどできるのだろうか。

小萩は座り込んだ。

二人の話は続いている。

どれだけ話をしても、どうにもならないことは、どうにもならないのではあるまいか。

どれぐらい経っただろう。

戸が開いて、安治が出て来た。

「安治さん」

小萩が声をかけると、安治は立ちすくんだ。

「おい。そこに誰かいるのか？」

中から声がした。

「小萩さんだよ。お前のことを心配して来たんだ」

安治が穏やかな声で言った。小萩はそっと小屋の中をのぞいた。すえたような臭いがした。ぼろに包まれ、ひげがのび、垢で汚れた男がうずくまっていた。

五助だと分かるまでにしばらく時間がかかった。

「あっしがかくまっていた訳じゃねぇよ。たまたま見つけたんだ。何日も食ってねぇっていうから、飯を運んでやった。馬鹿な奴だよ。後先考えねぇで、盗みなんかしやがって」

安治が苦々し気に言った。

「盗んだ二十両のうち、弟に渡したのは十両で、残りはまだ五助が持っているんだ。渡したって、博打《ばくち》ですっちまうって気づいたってさ。何をいまさら。馬鹿な奴だ」

低く笑った安治の後ろに、五助が隠れるようにして座っていた。頭を深くたれている。

「あっしはここに五助といますから、小萩さんは作兵衛さんを呼んできてもらえませんか」

小萩は作兵衛とお文を連れて来た。最初に謝ったのは安治だった。

「旦那さん。申し訳ありません。最初に、栗だのなんだのがなくなった時に五助を叱ればよかった。見て見ぬふりをしちまった。だから、弟はこれじゃ足りねぇ。もっと持って来いって言い出した。金は半分残ってます。命をとられるなんて泣いて脅されて、とうとう内緒の金に手をつけちまった。金は半分残ってます。これを返すと言ってます。後の十両は働いて返させます。だから、もう一度だけ、こいつに機会を与えてやっちゃくれませんか」

横で五助がうずくまっている。

「本当にそうか。身内と縁を切れるのか」

作兵衛が五助にたずねた。

五助は頭を地面にすりつけた。

作兵衛はいきなり五助の髪をつかむと、拳骨で顔をなぐった。思いもよらない強い力だった。五助の体はどさりと地面に倒れた。

「痛《いて》えか？　痛えだろ。痛いってぇのは、まだ生きてるってことだ」

倒れたままの五助の顔がゆがんだ。悲しそうな目をしていた。

「お前は自分がいなくちゃ、弟は死んでしまうと思っているだろ。自分が弟を助けていると思っているだろ。それは間違いなんだ。お前も弟に頼っているんだよ。そんなもの、生きがいにしちゃなんねぇんだ。身内を見捨てるのは苦しいよ。つらいよ。だけど、二人とも落ちてしまったら、何にもなんねぇ。そう言って見世を手放したり、江戸から落ちていったやつを今まで何人も知っている。大人になったら、てめぇのことはてめぇで面倒みなくちゃなんねぇんだよ」

作兵衛はそう言って、もう一度五助をなぐった。

「おとっつぁんやめて。お願い。分かったから、もう、いいから」

お文が止めた。五助はなぐられるままで、泣いていた。

「金はいくらあるんだ」

五助は懐から震える手で十両を取り出した。作兵衛はその金を受け取ると、ゆっくりと数えた。

「これで全部、戻った。五助は金を盗んでねぇ。番所にもそう言う。この話は終わった」

「申し訳ありません」

五助は体を起こし、地面に頭をすりつけるようにして何度も謝った。声がかすれ、体が震えていた。

白田屋に納めた鶴の子餅はたいそう評判がよかったらしい。

ある日、弓太郎が一人で牡丹堂にやって来た。

「今日はお菓子の注文にうかがいました」

さわやかな笑顔を浮かべる。お福は予想していたかのように答えた。

「どうぞ、おあがりください。詳しいお話は中でうかがいましょう」

小萩がお茶を持って行くと、弓太郎はかしこまった様子で座っていた。

「大おかみから、お許しが出ました。ごく内輪の方にだけ、私からとして五色生菓子をお届けするのならよいそうです」

「それはよござんした」

「あらためて、五色生菓子を六箱お願いいたします」

「六箱。それはお届けの分だけですか？　お母様、おばあ様の分はいかがいたしましょう」

「いや。そちらは結構です。おばあちゃんもおっかさんもいらないと言いましたから」

「口ではそうおっしゃっても、内心は待っていらっしゃるのではないですか？　弓太郎さんと美枝さん、その息子さんのことを何より大事に思っていらっしゃると思いますよ」

弓太郎は少し考えていた。

「そうですね。では、八箱でお願いします。おばあちゃんもおっかさんも、いらない、用はないと言うくせに、本気にしてそのままにしていると後になって怒るんですよ。まったく世話が焼けるんだから」

ははと声を出して笑った。その様子は堂々として少し大人になったように見えた。

仲冬

秘めた想いの門前菓子

一

お福は奥の四畳半に座っていた。その背中があんまり淋しそうだったので、小萩は声をかけるのがためらわれた。

「ああ。小萩、そこにいたのかい」

お福が振り向いて言った。手には先ほど届いた文があった。

「大森のお照さんから文が来てね、千代吉姐さんの病状がよくないらしいんだ」

「じゃあ、また、大森に？」

「いや、あっちはお照さんが看《み》てくれているから……」

いつになく、お福の言葉は歯切れが悪い。

「あたしに千代吉姐さんの娘に会ってくれと言うんだよ」

「千代吉姐さんにはお子さんがいたんですか？」

三味線一筋、男嫌いと言われた千代吉に娘がいた。

「娘といっても、もう立派な大人だよ。今、たしか四十二歳。別れて二十五年経つ」

お福は遠くを見る目になった。

二十五歳のとき、千代吉は生涯でただ一度の恋をした。相手については誰にも語ることはなく、ひっそりと娘を産んだ。お玉《たま》と名付けられた娘は美しく成長し、十七歳のとき甲州の小藩の江戸家老、久松忠敬《ひさまつただたか》に見初《みそ》められた。忠敬は三十七歳、先妻を亡くし、子供もいなかった。忠敬の臣下の養女となって珠乃《たまの》と名を変え、翌年、久松家に嫁ぐ。

「次の年には男の子も生まれて、旦那さんも大喜びさ。何不自由のない暮らしをしていたそうだよ」

だが六年ほど前に忠敬が病死、珠乃の息子が家督を継ぐ。そして、二年前、珠乃は髪をおろして玉泉尼《ぎょくせんに》となり、茅場町の寺に身を寄せている。

「徳の高い尼さんがいらして、そのお世話をしているそうだ」

「仏門に入ったということですか？　それはお玉さんのご希望だったのですか？」

小萩がたずねると、お福はうなずいた。

「久松家での役目は終わった。これからは、ほかの方のお役に立ちたいと言ったそうだ」

三味線上手な芸者の娘に生まれて、江戸家老の家に嫁ぎ、夫を見送った後は仏門に入る。

なんと波乱にとんだ一生だろう。

「そうだねぇ。お武家に嫁ぐだけでも大変だ。昔から思い切ったことをする子なんだよ」

武家に嫁ぐという話を進めたのはお玉自身で、千代吉には寝耳に水の話だった。

母一人子一人。

千代吉はお玉に自分の後を継がせようと幼い頃から三味線の稽古をさせていた。

「あたしはその頃、見世の方が忙しくて深川には足が向かなくなっていたけど、お照が何度も文で知らせてくれた」

千代吉は激怒した。

「あたしに黙って、いつからそんな話を進めていたんだ」

千代吉が言えば、お玉も口をとがらせる。

「話がちゃんと決まったら話そうと思っていたんだ」

お玉は千代吉の怒りにも、周囲の説得にも耳を貸さず、粛々と準備を進めた。

二人は同じ家で暮らしながら、何日も言葉を交わさなかった。

ある晩、二人っきりになって千代吉がたずねた。

「あんたは三味線が嫌になったのかい？」

「三味線が嫌いになったんじゃなくて、三味線があたしを選ばなかったんだ。並の弾き手にはなれるかもしれないけど、それで終わりだ。あたしはおっかさんとは違う。そのことは、おっかさんだって気づいていたじゃないか」

それで、お玉の気持ちが腹に落ちた。千代吉は引導を渡したんだ。

「三味線を弾かないならこの家を出て行くしかないね。あんたの好きにしな。だけど、自分で出て行くって言ったんだ。戻ってくる家はない。二度とこの家の敷居は跨《また》がせないよ」

翌日、お玉は家を出て行った。千代吉は武家の養女となるのなら、これからは親でも子でもない、二度と会うことはないし葬式にも来なくていいと言ったそうだ。

「お玉ちゃんは小さいころから器量よしで人あしらいもうまい。将来は深川一の売れっ子になるって、みんな思っていた。もったいないっていう人もたくさんいたよ。三味線だって、子供の頃から稽古してきたから腕は悪くないさ。でも、それ以上の弾き手がいた。勝気なお玉ちゃんは、自分が一番になれないことが許せなかったんだろうね」

お福はついと小萩の顔を見た。

「そう思わせたのは、あんたのお母さん、お時さんだよ」

お玉が十歳の時、同じ十歳のお時が千代吉の内弟子となった。

「最初はお玉ちゃんの方が三味線の腕は上だったんだ。だけど、すぐにお時さんが追い抜いちまった。お時さんはもともと筋がいいうえに、稽古の虫だ。雑巾がけをしながら頭の中でさらっているような風だから、人の倍も三倍も上達が早いんだよ」

千代吉の住む界隈は置き屋があり、芸者衆もたくさん住んでいる。三味線に馴染んでいる人たちだから、通りに響いてくる三味線の音を聞けばその腕前が分かる。

「内弟子の子の三味線は子供とは思えない艶がある」「いい子が入った」から始まって、いつの間にか「あれじゃ、お玉ちゃんがかわいそうだ」「千代吉姐さんは内弟子に後を継がせるつもりだろうか」などに変わった。

それは、当然、お玉の耳にも入る。

誇り高く、気性が激しいところは千代吉譲りだ。

「そりゃあ、悔しかったと思うよ。お玉ちゃんは遊び歩くようになって、家に寄り着かなくなった。まぁ、このあたりの詳しいことはお照さんから聞いた話ではあるんだけどね」

深川で生まれ育ち、将来は深川一の売れっ子になると噂された娘である。

料理屋に行けば知った顔があって食事をご馳走してくれた。舟遊びや花火見物に誘われる。楽しいことはたくさんある。

お玉とお時は十五になり、千代吉と一緒にお座敷に出るようになった。

「器量よしで気がきいているからお玉ちゃんは人気があったよ。でも、芸を楽しみたいってお客はお玉ちゃんを呼ばない。千代吉さんも連れていかない。お玉ちゃんもこの家に自分の居場所はないと悟ったんだろう」

そんな折、忠敬に出会った。

「それからは、さっき話をした通りだよ」

「その後、二人は一度も会っていないんですか？　便りを出すことも、なかったんですか？」

小萩はたずねた。

「ああ。そうだよ。お玉ちゃんとはお照が文のやり取りをしていたから、祝言をあげた、男の子を産んだとそれとなく伝えてはいたそうだけどね。千代吉姐さんも筋金入りの意地っ張りだから」

先日もお照がお玉を呼んでみたらとそれとなく言ったところ、その必要はないと断った。親子の縁を切っている、葬式にも来なくていいと言い渡したのだからと。

「粥を一口するのもやっとなのに、その時だけは目をかっと見開いて怒ったそうだ」

仕方なくお照は、お玉、いや玉泉に事情を知らせる文を書いた。

「他人行儀な手紙といっしょにお見舞いの白布が送られて来たそうだ」

「それは、つまり……」

小萩は考え、考え言った。

「親でも子でもないってことですか？」

「あるいは、きっかけがないだけかもしれないし」

お福はにっこりと笑った。

「だから、お照がちょいとおせっかいをしてくれないかって頼んで来たんだよ。小萩と話をしていたら、あたしの心も決まった。よし、お玉ちゃんに会いに行くよ、あんたもついて来るんだよ」

「私が行ってもいいんですか？」

お時に対して思う所があるならば、その娘である小萩を快く思わないのではないか。

「もう、そんなこと、ごちゃごちゃ考えていたら先に進まないよ」

お福は笑い飛ばした。


寺の山門の脇には大きな楓の木があった。今はほとんどの葉を落とし、昨日の雨で濡れた幹が黒々としている。

伽藍《がらん》は見上げるほどに大きく、立派な扁額《へんがく》が飾られていた。その周囲を木彫が埋めている。よく見ると、角《つの》の生えた牛のような虎のような不思議な動物や、翼のある鹿が四方を守っていた。

寺ができてから百年、いや二百年は経っているだろうか。

庭を掃いている寺男に案内を請うと、曲がりくねった細い小道を示された。

小道は木立の中に続いている。苔生すあたりを過ぎ、欅《けやき》の林、竹林を抜けると、どこからか水の音が聞こえてきた。

静かだった。

何人もの学僧が学んでいると聞いたが、その気配はない。寺の敷地は広く、その周囲にあるのは武家屋敷である。

聞こえるのは鳥の声で、どこかの山中に迷い込んだような気がする。

「夜はずいぶん淋しいでしょうねぇ」

小萩は言った。

「そうだねぇ。ほんとうに尼さんになってしまったんだねぇ」

お福も意外そうな声を出した。

髪を下ろしたといっても形だけのことで、それなりの暮らしをしていると思っていた。

やがて質素な庵《いおり》が見えた。脇に竹の林があり、風に緑の葉が揺れていた。

入り口で声をかけると、墨染《すみぞめ》の衣の女が出て来て、中に通された。待っているとやはり墨染の衣をまとった女が出て来た。

それが玉泉だった。

目鼻立ちのはっきりとした、美しい人だった。剃髪《ていはつ》した丸い頭のせいか、少年のような感じがした。

「お福様ですね。お懐かしゅうございます」

玉泉は静かな微笑をたたえていた。

「深川におりました頃、何度かお目にかかったことがありましたね。あれから、ずいぶん時が経ちました」

「こちらの庵にいらっしゃってから、何年になりますか？」

お福がたずねた。

「二年になります」

ていねいな言葉遣いから武家の妻女としての日々がうかがわれた。

母と同じだから、今年四十二歳。

墨染の衣はところどころほつれ、それを繕《つくろ》ってあった。手あぶりだけをおいた部屋は風こそ入らないが、ひんやりとしている。夜はさらに冷えるだろう。

お玉は家老の妻女として何不自由なく暮らしていたはずだ。息子が家督を継いだのなら、その母親としての地位がある。孫の顔だって見たいだろうに。辛くはないのか、後悔してはいないのか。

いったいなぜ、その暮らしを捨てて仏門に入ってしまったのか。

小萩は玉泉の顔をながめた。

「先ほど、お二人を案内させていただいたのは月光《げっこう》。私の侍女で、いっしょに出家した者です。ここで仲良く暮らしております」

玉泉は穏やかな目をしていた。

「お照様から文をいただきました。私に見舞って欲しいとありました。ですが、それを母は希望しておりますか？　違いますでしょう。母は私と会うことを望まないと思います。十七の年に私たちは親子の縁を切りました。文をかわすこともありません。それでよいと思っております」

お福はそんな返事は予想していたとばかりに、ひと膝乗り出した。

「でもねぇ、玉泉様。ああ、お玉ちゃんとお呼びしてもいいですか？　なんだか、舌を嚙みそうで」

玉泉は微笑みながら小さくうなずいた。

「私はそれが、千代吉さんの本心とは思えないんですよ。千代吉さんはお玉ちゃんのことを誰よりも大事に、かわいがっていました。いつか、自分の後継ぎとして三味線で身を立ててほしいと思っていました。だから、その三味線から離れるということが許せなかったんですよ」

千代吉は本物の辰巳芸者だった。相手が侍だろうが、誰であろうが、間違っていると思えば意見をした。ぽんぽんと歯切れのよい啖呵《たんか》を切った。

「まして遠慮のない母子の間柄ですよ。もう母でもない、子でもない。来たら塩ふって追い返す。それぐらいのことをしますよ。しかも、こういっちゃあなんですが、根っからの意地っ張り。あれは間違い、あたしも言い過ぎたとは口が裂けても言いません」

「意地っ張りはお互い様です」

玉泉はきっぱりと言った。

「当初はずいぶん冷たい親だと思っていました。でも、何年も経って、人の親になって私は気がつきました。母はそう言って私の背中を押したのではないかと」

遠くを見る目になった。

「私は母に三味線の手ほどきを受けました。母は厳しい師匠でした。私が上手に弾けないと、苛立った母は私をぶったり、たたいたりしました。冷たい水をかけられたこともあります。母は私の三味線が上達しないのは、稽古が足りないから、心が弱いからだと言いました」

ほらと、玉泉は袖をまくって二の腕を見せた。そこにはうっすらと火傷《やけど》の痕があった。

「手にした煙管で打ち、火の粉がとんでできた火傷です。皆さまに、さすが千代吉の娘だと褒めていただき、私も稽古が厳しいのは当たり前だと思っていました。でも、お時さんが内弟子に入って、私は気づきました。私と母は違う。私は母のようにはなれない。私は悔しくて、悲しくて、母を恨みました。周りの人たちを妬《ねた》みました。そういう自分が嫌でした」

お時の名前が出て、小萩は顔をあげた。

「あの方は三味線を弾くために生まれたような人でした。三味線が大好きで、三味線に触れているだけで幸せという人でした。そんなとき、ある方から別の道があると教えられました」

それが武家に嫁ぐことだったのか。

「忠敬様はやさしい人でした。私だけでなく、周りすべてを思いやっていました。まっすぐで、何事にも一生懸命で、たくさんのことを知っていて、いつも藩のことや人々の幸せを考えていました。あんまり真面目で一生懸命だから、日々の暮らしのことは少しだけ無頓着で、困ったことも起こります。偉くて立派な方なのに、じつは不器用でかわいらしいところがある」

　玉泉はすぐ近くに忠敬がいるかのように、微笑んだ。

「やがて私は忠敬様と一緒に歩いて行きたいと思うようになりました。でも、深川生まれの私に武家の暮らしが務まるかという心配もありました。それを母は分かっていたと思います。母は私の背中を押しました。戻って来るなと言われて、私の心は決まりました。前を向いて進むことができたのです」

　玉泉はきらきらと光る強い目をしていた。

　月光が白湯《さゆ》を運んできた。

「ここの井戸はいい水が出ます。以前はお茶をいただいていましたが、最近はもっぱら白湯です。体が清まるような気がいたします」

　小萩は薄い白磁の湯呑を手に取った。

　温かい湯はまろやかで、するりとのどを過ぎていった。

「忠敬様は家族に縁の薄い方でした。母上を早くに亡くされ、最初の奥様も二年ほどで他界されました。それからずっとお一人を通してこられたのです。息子を授かりますとたいそう喜び、かわいがりました。私は父を知りませんから忠敬様を父のように慕い、その一方で私だけに見せるかわいらしいところを愛《いと》しく思っておりました。私は幸せでした」

そして十余年の年月が流れる。

二年続きの冷害と台風。藩財政の立て直しを図る中、藩主が急逝した。残された嫡男はまだ七歳であった。

後見人の座をめぐって家老たちの意見は二つに割れる。忠敬は奔走した。

「忠敬様は二心のない方です。藩の行く末を案じて、意見を述べられます。けれど、それが弱腰、日和見《ひよりみ》といった見当違いの批判を受けたこともありました。疲れたお顔をなさり、お食事ものどを通らないようでした。日に日にやつれ、顔色も悪くなりました。それでもお役目だからと早朝から夜遅くまでさまざまな方とお会いになり、文を書き、書物を紐解かれます。私は忠敬様がいつか倒れるのではないかとはらはらしながら日々を過ごしておりました」

ようやく合意を得たが今度は忠敬が倒れ、一年の闘病の後、亡くなった。享年五十五歳。家督は十七歳になる息子の忠道《ただみち》が継いだ。

「その後、息子は働きぶりが認められ、良きご縁を得て祝言をあげました。私は大きな責務を果たした気持ちになりました。忠道は公私ともに充実した日々を過ごしています。もう母としての役目は終わりました。久松家の妻、母を全うしたと思うと、心にぽっかりと穴が空いたようで、体の力が抜けて行きました。なぜ、忠敬様は私を呼んでくださらないのでしょう。そんなことばかり考えておりました」

けれどある日、その思いが変わる。

「もう一度、だれかのお役に立てる、そういう場があると教えられました。新しい命をいただいたようにうれしくなりました。それが、今のこの寺の暮らしです」

それは本心からなのか。その言葉をそのまま信じていいのか。

小萩は分からなくなった。

そんな気持ちに気づいたのか、玉泉はふうわりと微笑んだ。

「ここでの私の仕事は、ある比丘尼《びくに》様のお世話をすることです。お年を召していらっしゃいますがとてもお元気で、いつも素晴らしいお話をしてくださいます。私もいつかその方のような境地に至りたいと思っております。母に伝えていただけませんか？　ご安心ください、お玉は幸せになりました。母上のこと、遠くから祈っておりますと」

「では、会っていただけないのですか？」

お福はたずねた。

「意地っ張りの母子です。それがふさわしいのでは、ありませんか？」

お福の背中が落胆で丸くなった。

「遠いところ、ご足労いただき申し訳ありませんでした」

月光が頭を下げた。

無駄足だったのか。

いや、違う。小萩は何か言わなくてはと顔をあげた。

「玉泉様。私どもは菓子屋です。日本橋で二十一屋という菓子屋をしております。注文をいただければ、どんな菓子でもおつくりいたします。お母様にお菓子を届けませんか。あなた様からなにか思い出のお菓子をお贈りになっては、いかがでしょうか」

玉泉は何か、考えるように小首を傾げた。

「ひとつ、思い出した菓子があります」

「はい。なんなりとお申し付けください」

小萩は答えた。

「白っぽいお餅のような四角い小さなお菓子です。包みにおじいさんとおばあさんのお面のような絵が描かれているものです。毎年、春の初め、母がお客さんからもらったと持ち帰りました。お餅がやわらかくて、やさしい味で口の中でとろけるようなのです。母は、いつも幸せそうな顔をして私の口に入れてくれました。あの菓子なら、母は喜んでくれると思います」

そのお客はどこの人なのか知らないが、鳥のこけし人形をいっしょにもらったという。

「かしこまりました」

小萩は頭を下げた。


庵を出てから、小萩は菓子のことを考えていた。

口の中でとろける餅とは、なんだろう。

「求肥《ぎゅうひ》でしょうか」

白玉粉を煉った求肥はぽってりとやわらかい。

「そうかもしれないねぇ」

お福も首を傾げる。

「おじいさんとおばあさんのお面の絵がついてる菓子なんて、あっただろうか。鳥のこけし人形なんて聞いたことないねぇ。お時さんなら何か知っているかもしれないね。文を書いて聞いてみるよ。あんたは鳥のこけし人形について調べておくれ」

お福が言った。

小萩は鳥のこけし人形を探し始めた。

隣の味噌問屋の手代が陸奥《むつ》の生まれなので、知らないかたずねた。

「こけしっていうのは人の形をしているもんだ。鳥の形のこけしなんかねぇよ。こけしじゃなくてただの置き物じゃねぇのか」

手代はそっけない言い方をした。

それで、浅草の仲見世に行ってみた。

趣味の玩具《おもちゃ》を置いている見世の棚には福助に七福神、助六、犬張り子、招き猫、河童《かっぱ》やタヌキなどの小さな木や土の人形が並んでいる。梯子《はしご》で逆立ちをする町火消の人形もあった。

「小鳥の人形ねぇ。その棚に夫婦鳩《めおとばと》があるよ。胸がつかえないおまじない。箸箱の中に入れておいて、食べる時お膳におくといいんだよ。ほら、鳩っていうのは、胸が大きくて、固い豆も食べちまうだろう」

小さな土人形で、全体が白く、くちばしが赤、羽根に青い筋が二本入っている。二羽で夫婦ということになっているらしい。

「首振りの干支人形ってのもあるよ」

十二支の人形の棚には、酉年にちなみ鶏の姿をしたものがあった。

玉泉はこけしと言った。つまり、全体は筒のような形で上に鳥の頭《かしら》がついているものではないだろうか。

「こけしみたいなものはないですか？」

「こけしってぇのは北の方のものだよ。うちは江戸玩具だから、そういうのはないよ。あるのはみんな江戸っ子好みのものだ」

あっさりと言われた。

何軒かあたってみたが返事は同じだった。

日本橋に戻って来ると、通りの向こうから呉服屋の川上屋のお景がやって来るのが見えた。お景は日本橋界隈では有名な洒落者で、お景と同じ着物を着たいと女たちが川上屋にたくさんやって来る。その日のお景は瑠璃《るり》色の着物で朱色の布を肩にかけていた。

「あら、小萩ちゃん、お使い？」

お景はにこやかに声をかけてきた。

小萩はお景の姿をうっとりとながめた。こんな風に着物を楽しんでみたいと思うけれど、瑠璃色に朱色の華やかな組み合わせは、背がすらりとして顔立ちのいいお景だからこそ似合うのだ。背が低い小萩にはとても無理だ。

「素敵ですねぇ。もう少し背が高かったら、私もそういう着物を着てみたいです」

「大丈夫よ。カワセミって鳥を知っている？　羽根が瑠璃色でお腹の方が朱色なの。とってもきれいだから、それと同じ色合わせで染めさせたの。小さい鳥だから、小萩ちゃんみたいな小柄な人にも合うと思うわ」

最近のお景は商いの方も巧みになっているらしい。

「いえいえ」

小萩は後ずさりする。

そもそも川上屋の着物は贅沢すぎて小萩には手が出ない。

「それよりお景さん、こけしのような鳥の人形を探しているのですが、ご存知ありませんか？　こけしみたいに筒の上に鳥の頭がついているものではないかと思うのですが」

「こけしのような鳥の人形ねぇ」

お景は首を傾げた。

「天神様でいただく鷽《うそ》替えの人形みたいなもの？」

年の初めに行われる神事で、うそは幸運を招く鳥で、毎年新しい鳥に変えると、悪いことが吉に転ずるというといわれがある。

「鷽は害虫を食べる鳥で、鷽の字は『學』に似ているから、学問の神様の天神様とご縁があるのよ。亀戸《かめいど》天神でいただいた鷽替えの人形がお見世にあるけど、見に来る？」

「見せてください。お願いします」

勢い込んで小萩が言った。

川上屋はいつものようにお客でいっぱいだった。お景は馴染み客に挨拶しながら見世の奥に入り、人形を持って来た。

川上屋にあった鷽替えの人形は、白木を削って色をつけた素朴な鳥の姿をしていた。丸い円柱の上に止まっている鷽は、頭が黒く尾っぽは黒と緑、胸は赤く、丸い目の周りは白い輪になっている。

これが玉泉の言った鳥の人形だろうか。

考えていると、お景が鷽替えの人形を小萩の手にのせた。

「おかみさんたちに見せるのなら、お貸しするわよ。どうぞ」

お景の言葉に甘えて小萩は人形を牡丹堂に持ち帰った。

牡丹堂に戻ると、お福が待ちかねたように出て来た。

「何か分かったかい？」

「途中でお景さんに会ったら、鷽替えの人形ではないかと言われたので川上屋さんから借りてきました」

お福は小萩から鷽替えの人形を受け取ると、じっくりとながめて言った。

「なるほど、鳥の人形だねぇ。天神様といえば亀戸天神か。あそこはくず餅が名物だよ」

江戸でいうところのくず餅はうどん粉のでんぷんを発酵させて蒸し、きなこと黒蜜をかけたものだ。もちもちして独特の歯ごたえがある。

「くず餅のことだろうか」

しかし、くず餅なら玉泉も知っているはずだ。

「考えていても仕方がない。小萩、明日、人形とくず餅を玉泉さんのところに持っていっておくれ。これは川上屋さんに返さなくちゃならないから、留助に言って似たものをつくってもらうんだよ」

お福は言った。


小萩が井戸端で洗い物をしていると留助がやって来た。

「できたぞ。これでいいのか？」

手には鷽の人形がある。白木を削って彩色した鷽は大きく翼を広げていた。

「留助さん、上手ねぇ」

小萩が褒めると、留助は少し自慢そうになった。

「昔から細工ものは得意なんだ。竹トンボとか、こまもつくれるぞ」

留助は脇の石の上に腰を下ろした。

「ちょっと気になったんだけど、その玉泉って人のおやじは、今、どうしているんだ？」

「玉泉さんが生まれてすぐ亡くなったそうです」

「それは千代吉姐さんが言っているんだろ」

「そうです」

「怪しいな」

留助は鼻の脇をかいた。

「ほんとはその男、どこかにまだいるんじゃねえのか？」

「でも、だれも、その人のことを知らないのだから、同じことじゃないですか？」

小萩が言うと、留助は「だからお前は子供だって言うんだ」というような顔をした。

「よそ様の色事は見て見ぬふりをするのが、花町のたしなみってもんだ。昔から言うだろ。『色に出でにけり、わが恋は』ってやつだよ」

「しのぶれど色に出でにけりわが恋は　ものや思ふと人の問ふまで」という平兼盛《たいらのかねもり》の和歌をひいた。心に秘めた恋だが、つい表情に出て、傍にいた人からどうかしたのですかとたずねられたというような意味だという。

「分からねぇと思っているのは本人だけで、周囲はとっくに気づいているのさ」

「そうですかぁ」

じつは、お福も相手の見当がついているということか。

「好き合っている二人が一緒になる理由はひとつだけど、一緒になれない理由はたくさんある。身分違い、親兄弟の反対、向こうに女房子供がいた。千代吉姐さんは深川を離れられないだろうから、遠くに住んでいる人も難しいなぁ」

「なるほどねぇ」

小萩も考え込んでしまった。

「鷽替えっていうのは、ついた嘘が本当になるって意味もあるらしいよ。まぁ、ともかく明日、その人形を持って行けよ。玉泉さんがなんて言うかさ」

留助は言った。

小萩は亀戸天神でくず餅を買い、人形を持って寺に向かった。

玉泉は人形を見ると、顔をほころばせた。

「そうそう、この人形です。鷽替えの神事にちなんだものなのですか」

「鷽なら、庵の近くにもやってきますよ」

脇に控えた月光が言った。

雀《すずめ》より少し大きく、口笛のような声で鳴くのだそうだ。

けれど、くず餅には首を横にふった。

「きなこも黒蜜もかけず、そのままでいただくお菓子です。もちもちしているのですが、口の中でやわらかくとろけるのです」

たしかに、小萩の持って来たくず餅にはおじいさんとおばあさんのお面の絵は見当たらない。

がっかりしている小萩に玉泉が声をかけた。

「せっかくのくず餅ですもの。いっしょにいただきましょう」

月光も来て三人で白湯を飲みながら、くず餅を食べた。

白いくず餅に香ばしいきなことどろりとした黒蜜をたっぷりとかける。黒蜜はきなこの上を滑り落ちて広がった。くず餅はひんやりと冷たく、もちもちしている。黒蜜の甘さが小萩をやさしい気持ちにした。玉泉は穏やかな顔をしている。

「思い出します。忠敬様が存命の頃も、こんな風によくみんなでおしゃべりをしながらお菓子をいただいたものですね」

月光がしみじみとした口調で言った。

晩秋の日差しが障子にやわらかな影をつくっていた。影は風に揺れて、さまざまな形を描いた。

「忠敬様はなぞなぞがお好きでしたねぇ」

月光が言った。

「そう。ご自分で考えたなぞなぞを出してくださるの。まだ、覚えているのがありますよ。大泥棒の鼠小僧《ねずみこぞう》はなんでも盗むことができます。しかし、その鼠小僧でも、一年に一度しかとれないものがあります。それは何でしょう」

答えは年。

「忠敬様が考えるなぞなぞは何と申しますか……」

「理屈っぽい」

「そうそう」

月光と玉泉は顔を見合わせて笑った。

「忠敬様は私を男の子みたいだっておっしゃって、二人のときはお玉坊って呼ぶのです」

「文もよくいただきましたねぇ」

月光が言った。

「国元でいろいろ難しいことが起こるたび忠敬様は帰られて、時には何か月も江戸に戻れないことがありました。文は腹心の配下の方が直接持って来られたの。堅物で有名な方だったから、内心はとても困っていらしたのではないかしら。かしこまっていらっしゃって、お人払いをされてからそっと私に手渡しされた」

「でも、その中身は……」

「なぞなぞに小話。こまをいただいたこともありました」

「下男に教えてもらって息子と月光と三人でお稽古しました」

「玉泉様は飲み込みが早くて、たちまちお上手になられました。女中たちもびっくりしていましたよ」

「忠敬様の前で披露したら、たいそう喜ばれました」

楽しそうに二人は笑い、その笑いがふっと沈黙に変わった。

玉泉はそっと障子の影をながめた。

「夢のような年月でした。あの日々は私の宝物です」

玉泉は静かに、けれどきっぱりと言った。


牡丹堂に戻ると、小萩はお福に玉泉の言葉を伝えた。

「そうか。くず餅ではなかったか。だけど、鷽の人形でよかったんだね。だとしたら、どこかよその天神様だろうか」

江戸の三天神といえば、亀戸天神社、湯島《ゆしま》天満宮、平河《ひらかわ》天満宮だ。しかし、おじいさんとおばあさんのお面を描いた名物菓子があるとは聞いたことがない。

——千代吉姐さんは深川を離れられないだろうから、遠くに住んでいる人も難しいなぁ。

留助の言葉が思い出された。

「江戸のお菓子じゃないかもしれないですよね」

「たとえば？」

「京大坂。天神様の本家本元なら太宰府《だざいふ》天満宮」

小萩は考えながら言った。

「太宰府天満宮か。まさかねぇ」

お福はつぶやいた。

二

裏の方がにぎやかになった。

「こんにちは。お福さん、いらっしゃいますか？」

お時の声である。

小萩は小走りで裏口に向かった。

「おかあちゃん、どうしたの？」

「どうしたのって、お福さんから文をもらったからさ」

お時は急いで来たのか、額に汗をかいていた。鎌倉のはずれの村で旅籠をなりわいとしている。顔も腕も潮風にあたって日に焼けて、色のあせた普段着である。その姿からはかつて深川芸者として鳴らしたことがあるなど、小萩には想像もできない。

お時はお福の顔を見た途端、「水くさいじゃないですか。どうして私に千代吉かあさんのことを教えてくれなかったんですか？」と言えば、「すまないねぇ。でも、あんたは忙しいし、長患いになりそうだったからさ」とお福は答える。

奥の座敷にあがって、二人はしばらく千代吉の病状について語り合った。

小萩がお茶を持って行くと、話題は玉泉のことに移っていた。

「つまり、鬢替えにかかわりがあって、もちもちしていて、口の中でとろけて、おじいさんとおばあさんのお面が描いてあるお菓子を探しているんですね」

お時が言った。

「そうだよ。あんた、何か覚えていないかい？」

お福がたずねた。

「お客さんからしょっちゅう、いろいろな土産をもらったから、あの家にはいつもめずらしい菓子がありましたよ。だけど、その菓子は特別な物だったんですよね」

お時は首を傾げた。

「天神様の本家本元は太宰府天満宮だよね」

「九州のねぇ」

そう言って、お時は小萩の顔を見た。あんたもここに座って話を聞いていなさいという顔である。小萩は座敷の隅に座った。

けれど、お福もお時も黙っている。

言おうか言うまいか、考えているというような沈黙だった。

最初に口火をきったのはお時だった。

「本当にめったにないことだけれど、千代吉かあさんがひとりで出かけるお座敷があった。私も、姐さんたちも連れて行かない。どこの誰に会うとも言わないんだ。ただ、その日はめったに締めない博多献上の帯にする。だから、相手は筑前《ちくぜん》の方の人じゃないかって噂をする人もいたけど……」

お福が小さくうなずく。そして口を開いた。

「私が知っている男はね、千代吉姐さんと同い年で、家が近所だった。宮大工になりたいって有名な人の弟子になった」

宮大工とは神社仏閣を建てる大工だ。

「江戸で仕事をしていたけど、その腕が見込まれて師匠といっしょに太宰府に移った。今は棟梁になったらしい。名前は伝次《でんじ》って言った」

「二人は仲がよかったんですか」

小萩はたずねた。

「ああ。いつも一緒にいたよ。伝次は子供ながらに親分肌で、近所の子供たちのまとめ役さ」

つまり、その伝次という人が玉泉の父親なのだろうか。

「それは、分からないね」

お福が答えた。

「その人だったらいいねぇ」

お時が言った。

お時は一晩、牡丹堂に泊まり、翌日、大森の千代吉を見舞って帰るつもりだという。小萩といっしょに夕飯の支度を手伝ってくれた。

「お照さん一人で看病しているんじゃ、大変だよ。あたしも手伝ってあげられればいいんだけどねぇ」

鍋を火にかけながら、お時は言った。

姉のお鶴が嫁に行き、小萩は日本橋に戻った。旅籠の仕事は前以上に忙しくなってしまった。

久しぶりに見る母の顔は少し疲れているようだった。

「ごめんね、私が勝手をして」

小萩は言った。

「なんだよ、今さら」

「だってさ」

「あんたは好きな菓子の仕事をして、楽しいんだろ」

「うん」

「そんなら、いい」

お時はうなずいた。

「好きなことに一生懸命になれるのは幸せなことだよ。みんながみんな、そんな風に生きられるわけじゃないんだから」

湯気のあがる鍋にかつおぶしをひとつかみ入れると、鍋は沸き立ち、かつおぶしがふわっと大きくふくらんだ。

それを見届けて、小萩の方に向き直った。

「お玉さんはどんな様子だった？　尼さんになったんだろ」

小萩は寺をたずねたときの様子を話した。

「幸せだって言っていたんだね」

「うん」

「そうか」

小萩はざるに布巾をのせて、お時に渡した。お時はそれでだしをこす。

「あたしはさ、お玉さんのことがずっと心にかかっていたんだよ。私が内弟子に入らなければ、あの人はあの家にいて、今頃は三味線の上手な芸者さんとして名を成していたんじゃないかとかね」

台所にかつおぶしの香りが広がった。

「千代吉姐さんに、そのことを言った？」

「言ったよ。そしたら、あたしがいてもいなくても、いずれあの子は自分の元を出て行っただろう。だから、お前とは関係がない。そんな風に自分を責めることはないって言われた」

小萩もそう思う。

そんな風にお時が自分を責めても何も変わらない。

「だけどね、母一人、子一人なんだよ。やっぱり期待していたと思うし、大事に思っていたはずなんだ。それにね、お玉さんは特別な子だったんだよ」

お玉には人を惹きつける力があった。

「そこにいるだけで、その場全体がぱあっと明るくなるような人がいるだろ。お玉さんはそういう子だった。気性がさっぱりして、男の子みたいなんだ。器量よしで、当意即妙な受け答えができた。あたしはお玉さんがまぶしかった」

だが、お玉はさほど三味線に熱心ではなかった。なんやかやと理由をつけて稽古場から抜け出した。

「自分の家だからね、甘えがあるよ。そんなの当たり前さ。あたしは人の家だもの。上手にならなかったら家に帰される。それだけは嫌だった。だから必死だよ。お玉さんとあたしの違いはそれだけだ」

その日の夕食はむし鰈《がれい》の一夜干しをさっと焼いて、ほくほくのさつまいもを天ぷらにし、青菜の和え混ぜを添えた。お時がつくる和え混ぜは錦糸卵やきくらげ、三つ葉、しょうがを入れて三杯酢をからめたものだ。青菜がしんなりして、いくらでも食べられる。汁は油揚げと大根の千六本。

夕食の膳には弥兵衛にお福、徹次、留助、伊佐、幹太、それに小萩とお時が並んだ。

「今日の千六本は細くてきれいに形がそろっている」

幹太は目ざとく見つけ、箸でつまんだ。

小萩の千六本は太さも長さもばらばらだ。たくあんを切ると、仲良くつながってしまう。

菓子職人というものは、菓子をつくるときだけではなく、普段から何事も、ていねいにきちんと仕事をしないといけないそうだ。いざというときに、いつもの癖が出て、乱暴な仕上がりになってしまうからである。

しかし、小萩はそれができない。ついつい急ぎ仕事になってしまう。

「今日はお時さんが切ったのですか。さすがに年季が入ってますねぇ」

弥兵衛も感心する。

「いやですねぇ。そんなことで褒められてちゃ。小萩はいつもどんな仕事ぶりなんですか？」

お時がたずねる。

「いや、一生懸命ですよ。前よりもずっとよくなった」

弥兵衛は褒めたつもりらしいが、全然、褒められた気がしない。

「ところで、寺の菓子の話はどうなった？　くず餅でよかったのか？」

徹次がたずねた。

「くず餅ではないと言われました。さっき、おかみさんとも話をしたのですが、遠方かもしれない。たとえば太宰府天満宮とか」

小萩が答えた。

「それ、違うんじゃねぇか。だって、太宰府天満宮は九州だろ。餅菓子なら固くなっちまうじゃないか」

幹太が口をはさんだ。

「おい、幹太、お前、面白いとこに気がついた。九州からこっちに来るなら、船を使ったって半月やそこらはかかる。餅菓子じゃあないんだよ」

弥兵衛が言った。

「じいちゃん、そうか？　俺、いいとこに目をつけたか？」

「ああ。水気が多いと傷みやすい。水気がとんで乾いちまったらおいしくない。だから、大福は朝作ってその日のうちに売り切るんだ」

「ということは、餅のような味わいで日持ちがする菓子ってことだな」

徹次が首を傾げる。

「そんなもん、あるかぁ」留助が言った。

「寒天とか葛はどうだろう。羊羹は日持ちがするぞ」伊佐が続ける。

「だけど、羊羹を半月もおいたら表面が砂糖でおおわれてシャリシャリしちまうよ。餅とは違う」

幹太が言う。

「寒天を使って、餅みたいなやわらかさがあるとしたら……。そうか、翁飴《おきなあめ》か」

弥兵衛が膝を打った。

「なんですか？　その翁飴っていうのは？」

伊佐がたずねた。

「寒天に水飴を加えて固めたもんだ。越後の方の飴屋が考えたものだけど、たしか、太宰府の方にもおいしいと聞く見世があったぞ」

弥兵衛が答えた。

翁飴。翁とは年をとった男性のことだ。

「そうです。きっと、そうです。包みにおじいさんとおばあさんの絵が描いてあると言っていました」
　小萩はうれしくなって大きな声になった。
「なんだよ。その菓子、俺は食べたことがないぞ」と幹太が叫んだ。そうすると、伊佐も
「なんで寒天で餅みたいになるんだ」と首を傾げ、留助も「うまそうだな」とつぶやいて、
ご飯どころではなくなった。
「分かった、分かった。つくってみよう。幹太、手伝うか？」
　弥兵衛が立ち上がった。幹太は大急ぎでご飯をかき込んで後に続いた。

「あんたも見たいんだろ。洗い物はあたしがするから、行っておいで」

　お時に言われて、小萩も仕事場に向かうと、幹太が鍋を取り出しているところだった。

「じいちゃん、最初に寒天を水で煮溶かすんだろ。それから砂糖を加えるのか？」

「砂糖はいらない。最初から水飴を加えるんだ」

　幹太が小鍋をかき混ぜると、熱せられて糸寒天は少しずつ溶け、白い泡が浮かんできた。

やがて、すっかり溶けて透明な液体になった。

　弥兵衛が水飴を加え、幹太が混ぜる。

　鍋は沸騰して小さな泡がぶくぶくと浮かんでくる。かき混ぜるへらの動きでとろみがつ

いてきたことがわかる。そのうちに、淡く色づいてきた。

「こんなところでいいだろう」

弥兵衛が言って火からおろす。玉じゃくしですくって木型に流すと、金色の液体がするすると流れ落ちた。

「翁ってじいさんのことだろ。どこが、じいさんなんだ？」

幹太が首を傾げた。

「歯のない年寄りでも食べられるからじゃないのか？」

留助が言う。

「とろろ昆布を使った翁造り、翁漬けなんてぇのがあるな。あれは、とろろ昆布を年寄りのひげに見立てたものだけど、これは寒梅粉《かんばいこ》をまぶして仕上げるから、それを白髪頭に見立てているんじゃねぇのかなぁ」

弥兵衛が言った。

固まった翁飴を幹太が小さく切って寒梅粉をまぶすとみんなの手にのせた。

小萩はほの温かい飴を口に入れた。

やわらかく、餅に似た弾力があった。寒天と水飴でつくる素直なやさしい味がした。

この菓子を贈る人も、やさしい飾らない人柄なのではないだろうか。

小萩はそんな気がした。

玉泉に菓子を見せに行くと小萩が言うと、お時も一緒に行くと言い出した。

「だってあれきりお玉さんには会っていないもの。会いたいからさ」

けれど寺の立派な山門を見上げ、庵に続く裏の小道を歩いているうちにお時の声はだんだんと小さくなった。

「やっぱり、あたしは来ない方がよかったね。だってさ、千代吉かあさんに会わないって言っているんだよ。それなら、あたしにも会いたくないよ。ううん、あたしには一番会いたくないかもしれない」

お時らしくもないうじうじとした言い方である。

「仲良しだったんでしょう」

「そうだよ。だって同じ家に住んでいたんだもの。前にも言ったけど、お玉ちゃんは気性のさっぱりした、いい子だからね。一緒にいて楽しかった。ううん、それ以上だね」

懐かしそうな顔になった。いつの間にか呼び方がお玉さんから、お玉ちゃんになっている。

「深川小町って言われてたんだよ。外を歩くと、かならず袂《たもと》に付け文が入っていた。みんながお玉ちゃんと友達になりたがっていた。あたしは、そのお玉ちゃんに一番近い所にいるだろう。自慢だった」

「ちょっと悔しかった？」

「まさか。だって何もかも違うんだもの。男の人があたしに声をかけてくるのも、お玉ちゃんのことを聞きたいんだよ。食べ物は何が好きか、どんな色が好きか。なんでもいいから教えてくれって」

明るい声をあげてお時は笑った。その笑顔が固まった。

「ねぇ、お玉ちゃんは本当に今、幸せだって言ったのかい？」

「うん。旦那様に大事にされて子供にも恵まれて、幸せだったたって」

「それは昔の話だろう。今はどうなんだよ。だって、こんな……」

お時は声をひそめた。

「山奥のようなところにいるんだよ。淋しくない訳ないよ。あの人は深川の生まれだよ。いっつも周りにたくさん人がいて、お玉ちゃん、お玉ちゃんってにぎやかにしていたんだ。それに旦那は家老だよ。家老っていったらそりゃあ、えらいんだ。その奥様なんだから、お屋敷には女中やら家来やら、何人も周りにいたはずだ」

枯れ葉が積もって、あたりは湿った土や苔の匂いで満ちている。

聞こえるのは鳥の声、枯れ草を踏む音。風にのってかすかに読経《どきよう》の声が響く。静かだ。

「小萩、やっぱりあんた、一人で行っておくれ。あたしはここで待っている」

お時は立ち止まった。

「おかあちゃん、なんで、ここまで来て」

「今さら、あたしがのこのこ顔を出せるはずがない。田舎でのんきに暮らしているから、人の気持ちに疎くなった。ああ、ほんとに間抜けだよ」

両手で顔を隠した。

「深川の人はさ、人の気持ちに敏《さと》いんだ。だってお座敷があるだろう。この人は何を思っているんだろう。どうしたら喜んでもらえるだろう。そういうことをいつも考えている人たちが集まっている場所なんだよ。お玉ちゃんは深川で生まれて、育ったんだ。あたしが行ったら、うれしい、懐かしいって歓待してくれる。本当は会いたくなくてもね」

お時は小萩の顔をのぞきこんだ。

「あんたはさっき、お玉ちゃんが幸せだって言ったっていうけど、そのときの顔を見たかい？　心から思っている顔だったかい？」

小萩は玉泉の表情を思い出そうとした。

「穏やかな顔をしていたと思うよ、たぶん」

お時は口をへの字に曲げた。

「やっぱりあんたはぼんやりだ。そんなわけないよ。あたしはここで待っているから」

くるりと背を向けた。


小萩が庵に着くと、月光が出て来た。

「話し声がしたようですが、お一人でいらしたのですか？」

「はい。あ、いいえ、供の者がおりましたが手前で待ってもらっています」

小さくなって答えた。母親を供にしてしまったが、この際仕方がない。

部屋にあがると玉泉が待っていた。

「お菓子をお持ちしました。翁飴というものです」

桐箱の蓋を開けると、玉泉の顔が輝いた。月光が懐紙にとって、玉泉に手渡した。そっと口に含む。

「そうです。もちもちとして、口の中で溶けていく。飾り気のないやさしい味。この味です。これは翁飴というのですか」

「九州の太宰府天満宮の近くに、この飴を売っている見世があるそうです」

「本当によく探してくださいました。お礼を申し上げます。人形といっしょにお届け願えますか？」

「やっぱり、大森にいらっしゃることは出来ないのでしょうか」

小萩はたずねた。

「そうおっしゃるだろうと思いました。でも、私の気持ちは変わりません。だって私はもうお玉ではありません。お玉という名を捨てて、武家の娘、珠乃になりました。そして今は玉泉です」

玉泉は文庫から文を取り出した。

「これをお菓子といっしょに母に届けてくださいませ」

「でも……」

「ここにおりますのは、私の意思です。誰のためでもなく、私はここにいるのが一番幸せだと思っております。母のことは案じております。けれど、ここを離れないと自分で決めました。このお菓子を見たら、母も分かってくれると思います」

揺るぎのない強い目をしていた。

小萩はもう、それ以上、千代吉の話をしないことにした。

白湯を飲みながら四方山《よもやま》話をしていると、玉泉はふと気づいたようにたずねた。

「お時さんという方をご存知ですか？」

小萩は困ってうつむいた。耳が赤くなったのが分かった。

「やっぱり、そうなのですね」

「お時は私の母です」

玉泉に会いたいとすぐそこまで来ている。

そう言おうとしたが、なぜか言葉にならなかった。玉泉は無邪気な様子でたずねた。

「最初にお顔を拝見したときから、もしやと思いました。よく似ていらっしゃるもの。お元気でお過ごしですか？」

「鎌倉のはずれの村で、旅籠のおかみをしております。子細あって三味線は弾かなくなりました」

「そうですか」

沈黙があった。

「母は玉泉様のことをとても案じております。お幸せなのか、心安らかにお過ごしなのかと」

玉泉は静かに微笑んだ。

「たしかに、あの頃の私は少し自分を見失っておりました。波にさらわれて流されているだけでした。でも、そのおかげで、私は忠敬様にめぐり合いました」

障子に木立の影が揺れている。その影に語り掛けるように言った。

「闘病の末、忠敬様が旅立たれ、残された息子も立派に後を継いでくれた。これで私の役目は終わったと思ったら私は空っぽになっていました」

「あの時は、心配いたしました。一日、何もおっしゃらず庭を眺めていらっしゃいましたから」

月光が言った。

「役目が終わったのに、なぜ私はここにいるのだろう。そんなことばかり考えておりました。そうしましたら、月光が申すのです。深川に生まれた私が忠敬様にめぐり合ったのもご縁なら、今、こうして命をいただいているのも意味がある。命を無駄になさらないようにと」

「私はそんな偉そうなことを申しましたでしょうか」

月光がつぶやく。

「そして、私を久松家の菩提寺と縁《ゆかり》があるこの寺に連れてきました。何度かご住職のお話をうかがっているうちに、この寺でお役に立ちたいと思うようになり、やがて月光とともに出家することにいたしました。考えてみれば、江戸家老といっても、忠敬様は何かことが起こるたび、江戸と国元を行き来されていました。江戸に戻られても、お忙しくて私といっしょに過ごす時間はまれでした。帰られたら、こんな話をしよう、こんな風にお迎えしよう。そんなことばかり考えておりました。それは淋しいけれど、心躍る時間でもあったのです。私は待つことに慣れて、待つことを楽しむ術《すべ》を身につけていたようです。この寺に参りましてから、今まで以上に忠敬様を身近に感じます。今も、どこかにいらっしゃる、そんな風に思うのです」

月光はうなずいた。

「そうでございますよ。忠敬様は玉泉様をお一人になどさせませんよ。ちゃんと、どこかお近くで見守ってくださっています」

「あなたのお母様にお伝えください。ご心配には及びません。私は幸せに、心豊かに生きております」

小萩が庵の外に出ると、金色の光がふってきた。

風に揺れた笹の葉に光が反射して輝いているのだった。それはまぶしいほどだった。

玉泉が見ているのは、こんな風に美しい世界なのだ。

小萩も心のどこかで玉泉は淋しい、気の毒な人だと思っていた。けれどそれは間違いだ。

玉泉の言葉に嘘はない。あの人は誰よりも幸せなときを過ごしている。

小萩はそのことを早く母に伝えたくて走り出した。

道の途中にお時が待っていた。小萩は息をきらして言った。

「玉泉様はおかあちゃんが憧れたとおりの素敵な人だったよ。あの人はね、今も旦那様のことが大好きで、そうして心の中に旦那様がいて、本当に幸せなんだって。そのことをおかあちゃんに伝えてくれって」

「そうか。そう言ったんだね、あの人は。そうなんだね」

お時はぽろぽろと涙を流した。


翁飴と鷽の人形、文を持ってお福と小萩、お時は大森に向かった。

千代吉の家は路地の奥の古びた、小さな家だった。お照が出て来て、三人を迎えた。深川で千代吉の家で長く働いていた人で、白髪の多い髪をひとつにまとめて、藍色の縞の着物に前掛けをしていた。

「お時さんも来るって伝えたら、千代吉姐さんは起きるって言い出して、さっきまで大騒ぎだったんだよ」

お照は明るく笑った。

家にあがると、千代吉が布団に寝ていた。

「遠いところ、ありがとうねぇ」

千代吉の声はしっかりしていたが、すっかりやせて面変《おも》わりしていた。

「お玉ちゃんにも会ったんだけどね、尼さんになったから出られないらしい。これは言づかったお菓子とお人形、文だよ」

お福が渡した。千代吉は人形を見た途端、はっと驚いた顔をした。お照が菓子の箱を開くと、千代吉ののどがぐうというような音をたてた。

「これは……」

「思い出のあるお菓子だそうだ」

お福が言った。

千代吉は文を手に取ったが、開かずにお照に手渡した。

「あんたが読んでおくれ」

「いいんですか？」

「いいよ。目がかすんじまってね、こんな長い文は読めそうにない」

お照は居住まいを正し、読み始めた。

「母上様。長いこと、ご無沙汰をいたしまして申し訳ありません。何度も文をしたためようと致しましたが、どう書き始めてよいのかわからず、そのままになっておりました。お福様がいらして、ようやく筆をとることができました。

昨年の台風で、私どものおります寺の山門が壊れました。調べてみると、本堂のほうの柱や屋根も修理が必要なことも分かりました。二百年ほど前に名人といわれた人が建てた寺なので、相当に腕のある宮大工でなければ難しいということです。あちこちお声がけをして、九州の太宰府天満宮の仕事をしている宮大工がいいだろうということになりました。

秋が深まったころ、ようやく修理が始まりました。

しばらくして、月光尼が申しました。

『太宰府から来ている宮大工の棟梁が、玉泉様に似ていると下女たちの噂になっております』

年をとって肉が落ちたせいか私の顔はますます男顔になりました。

それで私も庵を出て、足場を組んでいるあたりに行ってみました。

棟梁は背が高く、がっちりとした体つきの方でした。髪が薄いのかもしれません。髷を結わず、ごま塩の頭を短く刈っています。その頭の形、耳たぶの張り具合、目元、額のあたりがよく似ております。

私は本当にびっくりして、急いで庵に戻りました。自分でも体が震えているのが分かりました。

かあさんは私に、とうさんは亡くなったと言いましたね。でも、私はとうさんが生きていることを知っていました。そういうことは、なんとなく耳に入るものです。

月光はそれからも棟梁のことをいろいろ聞いて来てくれました。深川の生まれであること。太宰府にご家族がいらして、孫が六人もいること。里芋がお好きなこと。おみおつけはあさりではなく、豆腐と大根がお好みであること。

私が切れぎれに聞いた父のことと合っていましたし、食べ物の好みがいっしょなことにも驚かされました。

最初は『ほら、やっぱり。あの方は玉泉様の父上ですよ。間違いありません』などと言っていた月光ですが、あまりに符合することが多くなって心配になったのでしょう。『人の口に戸は立てられないと申します。妙な噂が立っても困ります。お外を歩かれるときは、頭巾を深くかぶってお顔が見えないようになさってくださいませ。世間には自分によく似た人が三人いると言うではありませんか。あの方は他人の空似《そら》です』と言い出すようになりました。

けれど、私は棟梁のことが気になって仕方がありません。

散策するようなふりをして、何度も仕事をしている様子を見に行きました。

棟梁は軽々と足場を歩き、大きなよく通る声で指示を出しています。棟梁の一声で下の者たちはきびきびと気持ちよく動きます。どの人も腕のいい、技のある職人たちで、それをまとめているのが棟梁であると分かりました。

それに棟梁は男前でした。ちょっとしたしぐさが、とても格好がいいのです。

こういう人が父であったならと思いました。

いよいよ修理が終わったとき、私はご住職にお願いして、いっしょにお茶をいただくことができました。

近くで私はじっくりと棟梁の耳を見ました。目も、額も、頭の形もそっくりでした。それが恥ずかしいような、うれしいような気持ちでした。

仕事で必要なので覚えたというお点前《てまえ》は端正なものでした。

私が深川の生まれだと言うと、自分もそうだとおっしゃいました。

それ以上、私はお話ししませんでしたし、棟梁もお聞きになりませんでした。でも、私がどういう者であるかはご住職から聞いておられると思います。

去り際、『父上はご存命でいらっしゃいますか』とたずねられたので、『私が生まれてすぐ亡くなったと聞いております』とお返事しました。

しばらく後にご住職にお目にかかると、太宰府天満宮の鷽替えの神事にふれ、『嘘の中に真があり、真の中に嘘がある。表裏一体』と謎のようなことをおっしゃいます。棟梁が私の父であるかどうかなど詮索する必要はない、どちらでもいいことだとご住職に諭されたような気がいたしました。

それで、このことは私の胸に納めて、一生誰にも明かさないつもりでした。

けれど、小萩様が私の思い出のお菓子をたずねられたので、小さな賭けをいたしました。もし、あのお菓子が父につながるものであるなら、棟梁の一件を母上にも伝えようと。

そんなわけで、今、文を書いております。

小萩様は私が嫁いだのと同じくらいの年でした。何度かいらして昔話をしているうちに、深川のことがいろいろ思い出されました。なつかしい気持ちでございます。

本当はお目にかかり、お詫びしたいこと、お話ししたいことなどたくさんありますが、お許しくださいませ」

ここまで読んでお照は顔をあげた。目がぬれている。

「この頃、年のせいか目がかすむんですよ。嫌《く》になっちゃう」

うなずくお福もお時も目が赤い。千代吉は空の一点を見つめている。

白湯を一口飲んで、お照は続きを読み始めた。

「おかあちゃん、ずっと言いたくて言えなかったことを書きます。

おかあちゃんは人一倍の意地っ張りで負けず嫌いで、悔しがりです。おかあちゃんは深川では名の知れた三味線上手の売れっ子だったけれど、それでも女手一つであたしを育ててくれるのは並大抵のことではなかったことと思います。あたしはおかあちゃんが時々、小さな声で『なにくそ』とつぶやいていたのを覚えています。

あたしも『なにくそ』とつぶやいていた時がありました。

深川生まれのあたしがお武家の嫁になるのは、やっぱり大変だったんです。今でこそ、あたしの力が足りなかったからと分かるけれど、その当時は悔しくて、悲しくて、怒ってばかりいました。

『なにくそ』と踏ん張って、なんとかやってこれたのは意地っ張りで負けず嫌いで、悔しがりのおかあちゃんを見て育ったからです。

ありがとうございます。

あたしはおかあちゃんの子供でよかったです。おかあちゃんを誇りに思います。

ああ、慣れないことを書いたから恥ずかしい。照れくさいよ。

病は気から。みんなが大騒ぎしているけれど、どうせ、たいしたことないんでしょう。

早く、また、元気なおかあちゃんに戻ってください。玉」

お照が読み終わって、しばらくみんな黙っていた。

やがて、お照がぽつりとつぶやいた。

「やっぱり、お玉ちゃんはお玉ちゃんだ。深川にいるときと同《おんな》じ。元気でお転婆でかわいい人だ」

千代吉がそっと涙をぬぐって言った。

「子供というのは侮れないものだねぇ。なんにも分からないと思ったけど、気がついていたんだ」

「お玉ちゃんは聡《さと》い人だもの」

お時が続ける。

「棟梁に心当たりがあるんですか？」

お照がたずねた。

「あるよ。あの子の父親の伝次だよ。子供の頃から仲良しでね、一緒になる人かと思ったこともある。伝次は宮大工の修業をしていて、親方といっしょに太宰府天満宮に行くことになった。あたしはついて来てほしいと言われたけど、あたしも三味線を諦められなかったからね。お玉を授かったと気がついたのは、伝次が江戸を発《た》った後だ」

千代吉の声は低く、かすれ、しゃべることも辛そうだった。

「伝次さんにお玉ちゃんのことを言ったのかい？」

お福がたずねた。

「言わないよ。なんで、言えるんだよ」

千代吉はきっぱりと言った。

「伝次はずっと独り身を通していて、深川に来たときは座敷に呼んでくれた。そのとき土産に持って来てくれたのが、翁飴と鷽の人形だよ。でも、ある年、親方の紹介で今度身を固めることになったから、もう江戸には来ないよって言われた。あたしも、今までありがとうって言ってさ、それっきり」

長くしゃべり過ぎたというように千代吉は首をふり、目を閉じた。

だが、もう一度目を開けると言った。

「お照、悪いね、ちょいと起こしてくれないか。三味線をとっておくれ」

「三味線を弾くんですか？」

お照が驚いた顔をした。

「そうだよ。お玉に聞かせてやろうと思ってさ」

布団の上に起き上がると、居住まいを正した。息が乱れ、苦しい表情をしている。けれど、お照が三味線を膝に置くと顔つきが変わり、背筋がすっと伸びた。

「お玉のいる寺ってぇのはどっちの方角かい？」

お時が北の方角を指差した。

「何がいいかねぇ。そうだ。あれがいい。お玉は小さい頃この曲が好きでね、よく笑うんだ」

三味線をかまえ、ばちを手にすると一の糸をはじいた。

ビーンという低い音が響く。続いて二の糸、三の糸。

千代吉の目に力が戻る。

「さぁ、行くよ」

明るい声が響いた。

それとともに、にぎやかな音色があふれ出した。

お時とお照が顔を見合わせた。小萩は何が始まったのか分からず、ぽかんとした。

「ほら、あんたたち、踊らないのかい？　お客さんが待っているよ」

千代吉はそう言って、もう一度最初から弾き出した。

――かっぽれ、かっぽれ、甘茶でかっぽれ

沖の暗いのに白帆が見ゆる
あれは紀伊の国　エーみかん船じゃえー

お照がはじかれたように立ち上がり、踊りだした。満面の笑みである。お時が小萩の手を引いて続く。お福は笑いながら手拍子だ。

――かっぽれ、かっぽれ、甘茶でかっぽれ

千代吉は三味線をひく。病の床にある人とは思えない、明るく、強く輝くような音色だった。

お照が歌い、お時が踊る。小萩も見様見真似で続く。お福は手拍子である。最後はみんなでお腹を抱えて笑った。

「ああ、楽しいねぇ。こんなに笑ったのは久しぶりだよ」

千代吉が泣き笑いをした。

帰る時が来た。千代吉の家を出ると、小萩はお時にたずねた。

「玉泉さんはどうして会いに来なかったの？　やっぱり、会いたかったんじゃないのかなぁ」

「そうだねぇ」

お時は考えながら言った。

「千代吉かあさんの心にあるのは十七のお玉ちゃんだろ。だからじゃないのかな。いくら幸せだって言われても、自分の娘が髪をそっていたら親は悲しいさ」

「玉泉さんは自ら望んでその道を歩いているわけでしょう……」

「分かっているよ。分かっているけどさ」

お福が小萩の肩を抱いた。

「母親っていうのは子供のことになると、考えなしになるんだよ。理屈じゃないんだ。そういうもんなんだよ。お時さんだって、あんたのことには夢中になるだろ」

アハハとお時は声をあげて笑った。

分かれ道まで来ると、「しっかりやりなよ」と小萩に言って鎌倉のはずれの村に帰って行った。

数日後、千代吉が静かに息を引き取ったとお照から文が届いた。

枕元にこんな書があったそうだ。

「此花《このはな》をたれはかなしといふやらん　色即是空空即是色」

小堀遠州《こぼりえんしゅう》という昔の茶人の歌である。

般若心経《はんにゃしんぎょう》の文言をひいて、悲しまなくていいよという意味だという。

しばらくして玉泉から牡丹堂にていねいな礼状が届いた。

お福はそれを小萩にも読んでくれた。

文末に歌があった。

「かぎりある松のちとせも何ならす　しほるる時をしらぬ蕣《あさがお》」

遠州の歌に対する松花堂昭乗《しょうかどうしょうじょう》という僧侶で茶人の返歌だそうだ。

夕方にはしおれてしまう朝顔の花も、千歳《ちとせ》の松も同じ命というような意味らしい。

「さすが千代吉姐さんの娘だよ」

お福はしみじみとした調子で言った。

己を信じ、ひたすらにまっすぐ歩いている。

小萩は千代吉に言われた言葉を思い出した。

「心配しなくてもいいんだよ。どっちの道を選んでも、あんたが幸せになりたいと思ったら幸せになれる。幸せの形は人それぞれなんだ」

仕事場から徹次の指示する声がする。伊佐が答え、留助が続き、幹太が何かたずねている。小豆が煮えるやわらかな香りが見世に流れてきた。

鎌倉のはずれの村に生まれた小萩は、縁あって日本橋の牡丹堂にやって来た。

そこには、どんな意味があるのだろう。

未来は小萩が思い描いたように続いているのだろうか。

「大丈夫だよ。心配しなくても」

小萩の気持ちに気づいたように、お福が言った。

「あんたにしか出来ないことがあるだろう。それを精一杯おやり」

小萩は小さく、けれど力強くうなずいた。

光文社文庫

文庫書下ろし

ふたたびの虹《にじ》　日本橋《にほんばし》牡丹堂《ぼたんどう》　菓子《かし》ばなし㈢

著　者　中《なか》　島《しま》　久《ひさ》　枝《え》

2018年 7 月20日　初版 1 刷発行

発行者　鈴　木　広　和
印　刷　豊　国　印　刷
製　本　ナ シ ョ ナ ル 製 本

発行所　株式会社　光　文　社
〒112-8011　東京都文京区音羽1-16-6
電話 (03)5395-8149　編　集　部
8116　書籍販売部
8125　業　務　部

ISBN978-4-334-77694-7　Printed in Japan

組版　萩原印刷